ぶらり平蔵

決定版⑲吉宗暗殺

吉岡道夫

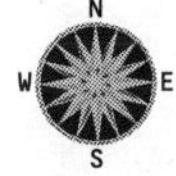

コスミック・時代文庫

本書は二〇一五年五月に刊行された「ぶらり平蔵　吉宗暗殺」を改訂した「決定版」です。

目次

「ぶらり平蔵」 主な登場人物

神谷平蔵 旗本千八百石、神谷家の次男。医者にして鐘捲流の剣客。妻の篠を亡くし、浅草東本願寺裏の一軒家に開いた診療所にひとり暮らし。

由紀 田原町で「おかめ湯」を営む女将。平蔵の身のまわりの世話を焼く。

太一 柳橋の夜鷹の息子。凶刃に斃れた母に代わり、由紀が育てている。

矢部伝八郎 平蔵の剣友。武家の寡婦・育代と所帯を持ち小網町道場に暮らす。

笹倉新八 元村上藩徒士目付。篠山検校 屋敷の用心棒。念流の遣い手。

柘植杏平 異形の剣を遣う剣客。思いがけず平蔵と昵懇の間柄に。

斧田晋吾 北町奉行所定町廻り同心。スッポンの異名を持つ探索の腕利き。

おもん 公儀隠密の黒鍬者。料理屋「真砂」の女中頭など、様々な顔をもつ。

小笹 おもんに仕える若き女忍。

味村武兵衛　公儀徒目付。平蔵の兄・神谷忠利の部下。心形刀流の遣い手。

佐治一竿斎　平蔵の剣の師。妻のお福とともに目黒の碑文谷に隠宅を構える。

諸岡湛庵　元岸和田藩郡代。尾張藩の意を受け、将軍吉宗暗殺を画策。

辺見五郎左衛門　元尾張藩目付。湛庵の決起にくわわる尾張柳生流の遣い手。

井戸木甚助　湛庵の補佐役。疋田陰流の遣い手。尾張藩随一といわれる剣士。

服部半介　石州浪人。湛庵に雇われた食いつめ者の一人。

神岡市之丞　因州浪人。湛庵に雇われた食いつめ者の一人。

杉山辰之助　岸和田藩浪人。無外流免許皆伝。柳剛流もよくする役者顔。

小柳進三郎　浅草東仲町の居酒屋［しんざ］の店主。豆腐田楽が名物。

おみさ　［しんざ］の女中。平蔵が働き口を紹介した患者。

お美乃　本所相生町竪川沿いにある縄のれん［あかねや］の女将。

第一章　貧乏暇なし

一

江戸の北郊、浅草広小路から西につきあたった東本願寺の北側に位置するのが誓願寺門前町で、その一角に神谷平蔵が借りている一軒家がある。

この家は、かつて大身旗本の妾宅だったというだけに、裏庭には五葉松やモッコク、サツキ、紅葉などの庭木が植え込まれている。

しかも、縁側の突きあたりには内厠があり、台所脇には内風呂までついていて、焚き口は台所の竈の横にあるため、雨の日でも濡れずに薪をくべられるという贅沢な造りになっていた。

また、掘り抜きの井戸がある家というのは、江戸市中ではそう多くはない。

掘り抜きの井戸から釣瓶で汲みあげた水は真冬でも湯気がたつほどぬくいし、

逆に真夏はひんやりしているため、西瓜（すいか）や真桑瓜（まくわうり）を冷やしておくこともできる重宝なものだった。

ささやかながら庭木があると、四季おりおりの季節を目で楽しめるし、気分もいい。

家の造作も床の間つきの十畳間と八畳間、それに台所に面した板敷きの間には囲炉裏（いろり）が切ってあって、玄関脇には六畳の女中部屋がついていた。

これだけの一軒家なら、家賃は月に一両か二両は取られるところだが、家主の篠山検校（しのやまけんぎょう）は家賃なしで住まわせてくれている。

篠山検校は盲目で、若いころは流しの按摩（あんま）をしていたが、稼ぎためた銭を元手に金貸しをして財をなし、検校位まで賜（たまわ）ったという異色の人物である。

検校は盲人の高官位で、検校の総元締である総検校に大金を献じて、手にいれられる官位だった。

しかも、幕府の支配下には入らないという特権があたえられていた。

どこの、だれに金を貸しても、公儀に帳簿を見せる必要もないし、担保や、利子も相手次第で自由にきめられるうえ、幕府に家屋税などの税金を取られることもなかった。

いうならば盲人の保護政策である。

篠山検校は、その特権を駆使して大名家や商人たちに大金を貸し付け、莫大な利財を築いた人物だった。

神谷平蔵は、千三百石の禄を食む直参旗本神谷家の次男に生まれた。

剣に天賦の資質があった平蔵は鐘捲流の達人佐治一竿斎から免許皆伝を許されたが、医師をしている叔父の夕斎に子がないため養子となって夕斎の跡を継ぐことになった。

やがて東国磐根藩の藩医に招かれた夕斎とともに磐根におもむいた平蔵は藩の命をうけて長崎に留学し、阿蘭陀医学なるものもかじって、人体解剖図も手にいれてきたが、それとても怪しげな代物で、どこまで信用できるかは眉唾ものだった。

江戸にもどってから小塚原で死罪になった罪人の屍体を盗みだし、腑分けをしてみて、人の臓器のありようを図にしてみたが、おおよその臓器の形態と位置を確かめ、男の躰と女の躰のちがいだけは得心したものの、それが治療の足しになったということはなかった。

女の腹には子袋というものがあり、男には子種を作る臓器があって、そこから子種となる精子を女の体内に注入して子袋に送りこみ、赤子となるらしい。

なぜ、そうなるのかは神のみぞ知る神秘の領域である。

ともかく、十月十日のあいだ女は腹のなかで赤子を育て、月満ちれば産みだされるらしいということのようだった。

だが、それとても、どれほど確かなことかどうかは判然としなかった。

ただ、鳥や魚のように卵で産み落とし、卵から雛になるというのとは少し違うだけのことだった。

一方、鳥や魚は数おおく産卵し、すぐに子が育つのに反し、人間というのは赤子が育つまで年月がかかる。

赤子がせいぜい一人か二人しか生まれないのは、育つまで長年かかるためだろうということも、なんとなくわかった。

そのかわり、人間は生き物のなかでも桁外れに寿命が長いし、発情の時期も長くできている。

交合にかける時間も長く、交合の喜びを享受する時間も桁外れに長い。

魚や鳥は瞬きするあいだに交合するが、人間はたっぷり時間をかける。

ほとんどの生き物は、子がもっとも育ちやすい春先に子作りに励むが、人間は家屋のなかで子育てをするためか、春夏秋冬を問わず交わる。

そもそも子作りのためというよりは、交合そのものを楽しみたくて、抱き合うことがほとんどである。

そのため、快楽の副産物として子を身ごもることが多い。

欲しくもない赤子を身ごもったときは、やむをえず子おろしの産婆（さんば）に頼み、ひそかに始末してしまう女もいる。

やむなく産み落とした赤子を深夜、こっそり川に流したり、畑の片隅に埋めてしまったり、よその家の軒下に捨ててしまう不届き者も結構いた。

いっぽう、夫婦のあいだには子が欲しいのに生まれない女もいて、捨てられた赤子を拾ってきて、我が子として育て、慈（いつく）しむ者もいる。

人間というのは千差万別だとつくづく思わざるをえない。

人間は慈悲深い神や仏のようにもなれるし、冷酷非情にもなれる生き物らしい。

医者という職業は、人を救うこともできるが、子おろし専門で稼ぐ悪魔のような存在にもなれる商売ともいえる。

二

神谷平蔵は医は人を救うための仕事だと思っているから、どんなに大金をつまれても、子おろしだけは金輪際（こんりんざい）引き受けないことにしている。

むろん、そのために敬遠されることもあるが、平蔵は貧乏を質においても、意に染まぬことはできない性分だった。

平蔵のもとにきてくれる患者は、大半が長屋住まいの貧乏人ばかりで、診察代や薬代もツケにする者が多いため、やむをえず薬問屋の支払いがためっぱなしになっている。

そんなわけで、平蔵の懐具合（ふところぐあい）は年中、空（から）っ風（かぜ）が吹いている始末だった。

平蔵の剣友の一人、笹倉新八（ささくらしんぱち）は篠山検校の用心棒をして、月に三両という結構な給金をもらっている。

親友の矢部伝八郎（やべでんぱちろう）や、井手甚内（いでじんない）、柘植杏平（つげきょうへい）たちは小網町（こあみちょう）一丁目の角地に売りに出されていた剣道場を手にいれて井手甚内を道場主にし、伝八郎と杏平は師範代をしているので、飲み代には不自由していないらしい。

平蔵も師範代にと誘われたが、人に教えるという柄でもないし、剣術を商売にするというのも気がすすまなかったので、いまだに貧乏医者稼業をつづけている。

三

——その日。

平蔵は朝っぱらから、男と女が口汚くわめきあう声でたたき起こされた。

「いてててっ！　こんちきしょうめっ！　このドスベタめがっ、よくも亭主のつらに爪をたてやがったなっ！」

怒鳴っている男は大工の吉造だった。

「なにが亭主よ！　せっかくのお給金をぺろ〜っと、白粉くさい女に使っちまいやがってさ！　それで亭主面されちゃ、たまったもんじゃないわよっ！」

金切り声で食ってかかっているのは、吉造の女房のおよしのようだ。

——ちっ、吉造とおよしか、またぞろ、性懲りもなくやっていやがる……。

平蔵の家の近くに住んでいる大工の吉造と、女房のおよしの夫婦喧嘩は、この界隈では日常茶飯事のようなものだった。

「なにぃ、よくも、ぬかしやがったなっ！　この糞アマ！　ぶっころしてやる！」

「ひいっ！　よくも、このあたしをぶったわねっ！　こんちきしょう！　さぁ、ぶつんなら、もっとぶってみやがれっ！」

「いててっ！　よくも、やりやがったなっ！　このドスベタめがっ」

どたどたと取っ組みあい、わめき、ののしりあう声がして、その合間に近所の女房たちの金切り声も聞こえてくる。

吉造は腕のいい大工で、左官、屋根葺きとともに江戸の三職といわれる大工は、日当は銀三匁だが、大火のときは銀十匁にも跳ね上がる。

そのかわり金遣いも気前がよく、夜遊びも派手で、いさかいの絶え間がなかった。

ただし、吉造は背丈はずんぐりむっくりしているうえに、ひょっとこ顔で、とてものことに女にはもてそうもない男だ。

およしのほうもおかめ顔で、どう見ても焼き餅をやく柄ではない。

ふたりとも平蔵の診療所の常連で、吉造は屋根の修理や、建具の不具合も直してくれるし、およしはちょくちょく漬け物や煮物、駄菓子などもさしいれてくれる。

うんざりしたものの、ほうっておくというわけにもいかない。

平蔵は寝間着のまんまで下駄をつっかけ、吉造の家に出向いていった。

近くの女房たちは門口にたかって、やいのやいのと騒ぎたてているだけで、だれひとりとして、本気で止めにはいろうとはしていなかった。

それどころか、むしろ野次馬気分でけしかけているようにしか見えない。

「おやめってば！　およしさん！」

「そうよ！　どうせ男のちからには勝てやしないんだからさ！」

「ほら、また、やられたじゃないのさっ」

その合間に「ひいっ！」というおよしの悲鳴が聞こえてきた。

四

「こら、どけどけっ！　どかんか！」

女房たちをかきわけて、長屋の土間に足を踏みいれた途端、枕が飛んできた。

平蔵はそれをひょいとかわしざま、大喝（だいかつ）した。

「ふたりとも、いい加減にせんかっ！　この馬鹿もんどもがっ！」

張り継ぎだらけの戸障子が、びりびりっと震えるような凄まじい声だった。

煎餅布団を踏みしだき、つかみあい、かきむしりあっていた吉造とおよしは、平蔵の一喝にビクッとなって振り向いた。

およしは雌牛も顔負けの、おおきな乳房をむきだしにしたままで、吉造の肩に嚙みつきかけていた口を、あんぐりあけた。

「せ、せんせい……」

かたや、およしの髪を鷲づかみにしていた吉造も、ぎくっとなって手をとめた。

「せ、せんせい……」

「おい、吉造！　きさまはまたぞろ、性懲りもなく朝帰りしてきたらしいな！」

睨みつけておいて、吉造の片手を鷲づかみにし、ぐいっと捻りあげた。

「あいてて、てっ！」

平蔵は、悲鳴をあげた吉造の腕を突き放して怒鳴りつけた。

「いいかっ！　夜遊びを悪いとはいわんが、ほどほどというものがある。朝帰りしたら、まずは、およしに頭をさげるのが先だろうが！」

「へ、へい……あっしも、ハナはあやまるつもりでけぇってきたんですがね。敷居をまたいだ途端に枕をぶつけられるわ。茶碗はとんでくるわで、つい、そのカーッとなっちまって……」

「そこをぐっとこらえて、まずは、女房にあやまるのが、朝帰りしてきた亭主の筋目というものだろう！」

「そ、そうなんですよ。せんせい……」

およしが気負いこんでまくしたてた。

「それどころか、おい、いま、けぇったぞだなんて、えらそうに……」

およしは頭の髷もぐずぐずに振り乱し、着物の前はあられもなくはだけたまま、目を吊りあげて平蔵に訴えた。

乳房も丸出し、紅い腰巻もまくれあがった、あられもない格好だった。

「そこをグッとこらえて、まずは、亭主の言い分を聞いてやるのが女房というもんだ」

「けど、せんせい……」

「それが帰ってくるなり、いきなり枕を投げつけたり、茶碗を投げつけたりじゃ、吉造がつい頭にきて、カッと血のぼせるのも無理はないだろう」

「だ、だって、せんせい……」

「だってもあさってもない！　亭主のいいわけも聞かずに、いきなりそんな振る舞いでは、吉造も立つ瀬がなかろうが」

「そ、そうなんですよ、旦那……」

援軍きたると気負いこんで、吉造も臀まくりして、まくしたてた。

どうやら、おでこに擂り粉木でもぶつけられたらしく、たん瘤ができている。

「黙れっ！　きさまも朝帰りしたからには、茶碗のひとつぐらいぶつけられても、グッとこらえて詫びる。それが、男の度量というものだろう！」

「へ、へい……」

「ともあれ、まずは、およしに、ひとこと詫びろ！」

「わ、わかりましたよ……」

吉造、しゅんとなって、およしをなだめにかかった。

「な、な、およし、ゆんべは親方のつきあいで、帰るに帰れなくなっちまってよう。けどよ、べつに浮気してきたわけじゃねぇぜ」

「ヘン！　どうだかわかるもんか……」

およしはぶすっとして腕組みしたまま、そっぽを向いて口を尖らせている。

「嘘じゃねぇぜ。なんなら親方に聞いてみなよ。おりゃ酔いつぶれちまって、目がさめるまで寝込んじまっただけよ。ほんとだぜ」

吉造はくるっと着物の裾をまくって、ポンと股ぐらをたたいてみせた。

薄汚いゆるふんのあいだから、むさくるしい一物をつかみ出すと、もっこりと鎌首をもたげかけている。

「ほうら見てみなよ。おいらの一物だって、使っちゃいねぇ証拠に、ぴんこしゃんこしてらぁ。おりゃな、自慢じゃねぇが、これまで一度だって、ほかの女と浮気なんぞしたこたぁねぇんだ。ほんとだぜ」

聞き耳をたてていた近所の女房たちが、思わずぷっと噴き出した。

「あら、ま、吉造さんたら、ぶっといのが丸見えじゃない」

「ほんと、すんごいわねぇ。うちのひとの倍はたっぷりありそうだわ」

「擂り粉木そこのけみたいよね」

「ちょ、ちょっと、あんた、みっともないもの見せるんじゃないよ。もう、恥ずかしいっちゃありゃしない」

およしも顔を赤らめて、照れ隠しにぴしゃりと吉造の肩をぶった。

そういう、およしも寝間着の前がはだけて観音さまがご開帳になっている。

それでも、どうやら血の気はおさまったらしく、ぐずぐずになった丸髷を、手でなでつけながら寝間着の紐をしめなおした。

「ふうん、そうなの……あんた、ほんとに親方といっしょだったのかい」

「ああ、そうよ。親方がいいから、ついてこいってぇから、まさか、ことわるわけにもいかねぇじゃねぇか」

「ンもう！……そんなら、ハナっからそういってくれりゃよかったのにさ。いきなりガラッと戸をあけるなり、おい、いま、けぇったぞだなんて、えらそうにいわれちゃ、こっちもカッとなるじゃない」

「す、すまねぇ。ま、かんべんしてくれよ。な、およし……」

「ふふふ、悪かったわね……こっちも、イライラしてたもんだからさぁ」

およしも、ようやく気がすんだらしく、べろんとむきだしになっていた乳房を、寝間着の襟前をかきあわせて隠した。

「へへへ。すいません、せんせい。朝っぱらから、派手にやらかしちまって……」

吉造も照れくさそうに、ぺこぺこ平蔵に頭をさげて、あやまった。

「なんとも、面目ねぇ。つい、売り言葉に買い言葉でみっともねぇとこ、お見せしちまいましたね……」

「この馬鹿野郎っ！　朝っぱらから人騒がせなことをしやがって……」

平蔵、苦虫を嚙みつぶして吉造をひと睨みすると、くるっと背中を向けて人垣をかきわけた。

「へぇぇ、さすがはせんせいだわねぇ。たった、ひと声で、夫婦喧嘩をぴしゃりとおさめちまうんだもの。たいしたもんよ」

「あれが、鶴の一声ってやつねぇ……」

「ほんと、やっぱり、剣術遣いだけのことはあるわよ。すんごい声だったもん」

いくら、長屋の女房たちにおだてられても、一文にもなるわけではない。

平蔵、生あくびを噛み殺し、舌打ちしながら、うんざりしつつ家にもどっていった。

家の門口の庇の下に去年から巣づくりをした燕の雛が四羽、チッ、チッ、チッ、チッと餌をせがんで囀って、親鳥を待っていた。

五

なんとか、吉造夫婦の喧嘩はおさまったが、一度、寝そびれたら、二度寝はなかなかできるものではない。

平蔵はひとり者の身をもてあましながら、裏庭に面した縁側に頬杖ついて、とろとろとまどろんでいた。

まわりは浅草寺や、東本願寺などの末寺が甍をつらねる寺町である。燕や鳩、雀などの鳥があちこちの軒下に巣を作り、おかまいなしにやたらと糞を落としてくれる。

蛇骨長屋に住んでいる大工の吾助が、二寸ほどの板を二枚重ねたガラガラという鳥追い用の縄を張り渡してくれたが、それも一時しのぎにしかならなかった。燕や雀はまだしも、鳩というやつは図々しい鳥で、ガラガラを鳴らすと、パッと逃げてしまうが、すぐにもどってくる。

吾助は庭に鳥網を張ってみたらどうですといってくれたが、それも目障りだし、うっとうしい。

いっそのこと、鳩の死骸を吊るしてみちゃどうですと吾助がいったが、いくら流行らぬ医者とはいえ、死骸を吊るしておくのは患者の手前も具合が悪い。

あとは犬か猫でも飼うしか手はありやせんねぇと吾助はいう。

しかし、犬はやたらと吠えるし、猫は家のなかにも図々しくはいりこんでくるうえ、どっちも餌をやらなくてはならない。

自分の一人口を養うのも大変なのに、犬や猫の面倒まで見ちゃいられなかった。

観念して雀や鳩の狼藉には目をつむることにした。

平蔵は四十路を過ぎているものの、妻もいない、ひとり者である。

田原町の角にある「おかめ湯」の女将でもある寡婦の由紀が、痛風の治療で平蔵のところに通ってくるうち、ふとしたことから情をかわす仲になった。

今では通い妻のように、かかさず平蔵のところにやってきては、炊事や洗濯までしてくれるようになっている。

平蔵の幼馴染みで剣友の矢部伝八郎は「きさまは気楽でいいな」と羨ましがるが、なにしろ平蔵は貧しい患者の治療費や薬代をあるとき払いの催促なしにしているため、懐中は年中、素寒貧のありさまだ。

なにしろ、この江戸には町医者などは掃いて捨てるほどいる。

口ではせんせい、せんせいと奉られているものの、ちゃんとした商人や旗本などは、弟子に薬箱を持たせて往診する駕籠医者を贔屓にする。

もともと、医者になるための資格などは一切無用だから、だれでも医者でございと看板をあげられる。

えらそうに髭をたくわえ、医は仁術どころか、口八丁、手八丁で、もっともらしい能書きを口にして、適当に投薬をしていればまかりとおる。

駕籠医者というのは、立派な門構えの屋敷に住み、門弟を何人も寄食させ、往診以外の患者は門前払いをくわせ、診察するときは自前の塗り駕籠や、町駕籠で往診する。

平蔵のように歩いて往診する医者は徒医者とよばれ、軽くあつかわれる。

たいがいの駕籠医者は一回の往診、診察、治療代を何両もふんだくり、外に妾まで囲っているらしい。

しかも、内料（内科）や外料（外科）、産婆までいっしょくたになっている。

平蔵も風邪っぴきや、怪我人の治療はもとより、産婆が間にあわないときは赤子の取り上げまで引きうける羽目になる。

ただし、平蔵は貧乏人も、金持ちもかわりなく面倒をみるため、その日暮らしの人びとからは頼りにされていた。

平蔵の診療所にやって来るのは、通りひとつへだてた蛇骨長屋に住まう貧しい住人や、親方に日当で使われている叩き大工、担い売りの小商人や、その爺さんや婆さんに妻子ぐらいのものだ。

ほかにも、大道易者や、白粉焼けした飲み屋の酌婦や、生臭坊主の妾、なかには夜鷹なども患者になる。

しかし、こういう世間の裏街道を生きているような患者のほうが、それだけ気を張っているのか、存外に銭払いは綺麗だった。

もっとも始末に悪いのが御家人くずれや、無役の旗本で、やれ勘定が高すぎるだのなんだのと因縁をつけて払いが汚い。

どうやら、医者というのは世間の表裏が、よく見える商売のようだ。

六

奥秩父に水源を発する荒川は、綾瀬川と合流して流れを南に転じ、隅田川となって、江戸湾に流れ込む。

隅田川に沿った土手を墨堤といい、桜の名所となっている。

また、隅田川の西岸には東本願寺の大伽藍や、金龍山浅草寺をはじめ、多くの寺社仏閣がひしめきあっている。

なかでも、浅草寺観音の広大な境内のなかにある二十軒茶屋には、浮世絵師が錦絵に描きたくなるような美女が何人もいて、茶汲み女として目いっぱいの愛想をふりまき、通りすがりの男を呼び込んでいる。

「ちょいとそこのいなせなおにいさん、素通りはないでしょう」

「いま、ちょうど奥座敷があいてますよ。あたしのお酌なら極楽浄土まちがいなしよ」

「あらまぁ、そこの若旦那、素通りはないじゃない。この薄情もの！」

紅い前垂れがけをした茶汲み女たちは、袖口をたくしあげ、白い二の腕をむきだしにして強引に客の手を抱え込む。

浅草寺前の広小路には、あまたの芝居小屋もひしめきあっている。

芝居小屋は、明け六つ（午前六時）には幕をあけるため、町人たちは未明に起きだして朝飯をすませ、いそいそと芝居見物におしかける。

ひいき役者の芝居を見て、茶屋で昼飯をとり、また芝居を見に小屋にもどり、幕がおわって夕食をとってから家にかえる。

芝居見物は、ほかにこれといって娯楽のない江戸の町人たちの一番の楽しみだった。

この浅草の広小路は、明暦の大火の後に造られた大通りで、幅は十間（約十八メートル）もあって、その左右には土産物屋をはじめ蕎麦屋、一膳飯屋、菓子屋、飲み屋が軒を連ねているし、髪結い床、桶屋、湯屋もある。

また、呉服屋、太物屋、質屋などもあり、江戸でも一、二を争う繁華街だった。

おまけに大寺小寺が密集する浅草は、お盆のときは線香をあげにくる人びとでひしめきあう。

さらに、この寺町をはずれた北側にある浅草田圃（たんぼ）の一角には、幕府公認の吉原（よしわら）遊郭（ゆうかく）の灯が、毎夜、遊客を迎えいれている。

隅田川の堤防には、四季をとわず、夜になると茣蓙（ござ）を片手に二、三百文の端金（はしたがね）で肌身をひさぐ夜鷹もあらわれる。

なかには、比丘尼（びくに）瞽女（ごぜ）という坊主頭に剃（そ）りあげた売女（ばいた）も出没している。

人びとは寺で「南無阿弥陀仏（なむあみだぶつ）」と経文を唱えた足で、いそいそと、なけなしの銭をふところにして売春宿がかかえている娼婦や、吉原土手を稼ぎ場にしている藁（わら）茣蓙を抱えた夜鷹を抱きに行く。

江戸の町人たちは出世などには縁がなく、大工の子は大工に、左官の子は左官に、商人の子は商人になるものと、生まれたときから道筋は、ほぼ、きまっている。

江戸っ子といわれる男たちの楽しみは、旨（うま）いものを食うことと、酒を飲んだり、女を抱くぐらいのことしかない。

女房たちも亭主が小遣いで酒を飲んだり、たまには、外で商売女を抱いてくるぐらいの浮気は少しは大目に見てやらないと、いい女房とはいわれない。

そのかわり、人の女房や素人娘に手をだしたりすると、女房はもちろん、近所の人からもこてんぱんに罵られる。

吉原遊郭という売春街が、幕府から公認されていたのも、そうした男たちの欲求不満を解消させるためであった。

ただし、幕府は吉原以外の私娼窟は厳しく取り締まった。

私娼窟というのは非合法の売春宿のことで、女衒という人買いたちが、全国から年季奉公という名目で連れてきた女たちに、否応なく売春をさせるための店だった。

年季奉公とはいうものの、着物や帯、腰巻から髪結い、飯代までふんだくるから、すべて借金に上積みされる。

むろん、年季が明けたころは、女の盛りを過ぎてしまう。

とどのつまりは、一生、男に抱かれるだけの股貸し奉公だった。

なにしろ、江戸の人口は男が六分で、女が四分という女不足の街でもある。

しかも、若くて器量のいい娘は屋敷奉公にあがるか、金持ちの妾になって親兄弟に楽をさせる道をえらぶ。

たとえ、後家になっても、器量さえよければ大店(おおだな)の主人の妾になって、親に仕送りすることもできる。

稼ぎが少なく、女にもてない不器用な独り者の男は、吉原よりは安い私娼窟に足を運んで性欲をみたすしかない。

また、亭主に死に別れた女や、借金で首がまわらなくなった女たちが、手っ取り早く金を稼ぐには肌身を売るしかない。

四十女どころか、五十過ぎの大年増(おおどしま)でも、女ならなんとか生きていけるのが、江戸という町でもあった。

味も素っ気もない青天井の下で、莫蓙を敷いて男に抱かれる夜鷹を買うよりはましだというので、私娼窟はあちこちに散在し、いずれも繁盛していた。

幕府の役人たちもときおり私娼窟を摘発してはいるものの、いたちごっこで江戸のいたるところに売春宿はあった。

――生きとし生けるものごとにれこは好き。

――人間わずか五寸ほど入れたがり。

――夜も昼も抱きついてばかり聖天(しょうてん)様。

——死にますという間いきますと蘇り。

——生きた人魂吉原さして飛び。

——入れてみて弘法阿字をかんがえる。

などという破礼句は、人間のなまなましい生きざまをあらわしている。弘法というのは僧侶のことで、女犯禁制の僧侶でも、本能には勝てず、念仏を唱えるかたわら、妾を囲っている者が結構いる。

破礼句というのは人間の本能のひとつである色欲を川柳にとりいれたもので、艶笑句のことである。

聖天様とは浅草街道沿いの祠に祀られている聖天像のことで、男神と女神がたがいに手足をからめあい、ひしと抱き合っている歓喜天像のことである。男神は魔王、女神は十一面観音の化身で、祈れば富貴を与え、病を除き、夫婦和合し、子宝に恵まれるといわれている。

この歓喜天像には子宝や、恋の成就を願う男女が絶え間なく参詣に訪れている。

——尼　恥ずかしく中条へ来る。

という破礼句にある中条というのは、うっかり妊娠してしまった宮廷の女官が、水子のうちにこっそりと流してもらう医者のことで、戦国の昔、中条帯刀という人物が広めた堕胎専門の医者のことである。

宮廷に召し出された娘たちは女官になると男との交わりを禁止されるが、情欲は禁じられれば禁じられるほど燃えるもので、ひそかに男と通じてしまう。

そのため身ごもった女はひそかに子堕ろしの医者に多額の金品を贈って、水子のうちに流してしまうしかない。

また、女の黒髪を剃り落とし、墨染めの衣を着た尼僧たちのなかにも、煩悩の炎には勝てず、つい男とわりない仲になり、中条帯刀の世話になる羽目になってしまうものがいる。

町家の娘や女房のなかにも、婚姻前に親の許さぬ男と通じたり、亭主にはないしょの浮気の後始末に困って、やむをえず、中条流の医者に頼んで子堕ろしする羽目になるものがいた。

遊郭の女郎もうっかり妊娠すると、楼主が中条流の医者を呼んで始末させる。

古今東西、支配者がどんなに取り締まろうとしても、人間の本能である性欲だけは法で縛ることはできなかった。

ともあれ、浅草という街は、人間の喜怒哀楽をすべて集めたような街だった。

生身の人間がひしめきあって暮らしているのが浅草という街である。

さよう、しからばの堅苦しい武家がひしめきあう武家町よりも、本音をさらけだして暮らしている庶民の街のほうが平蔵の肌にあうらしい。

第二章　鬼謀の策士

一

　隅田川を挟み、浅草の対岸にある須崎村の一角に、土塀で囲まれた茅葺き屋根の古びた屋敷がある。

　かつては大百姓の隠居所だったが、この春、風采卑しからぬ白髪の侍が買い取り、大工や左官を入れて改築させた。

　大川に面した裏手には専用の船着き場を造らせて、二隻の艀と、渡し船まで繋留してあった。

　門札には［湛庵寓居］と、達筆で記されているが、あるじの湛庵なる男は、滅多に外出することはなかった。

　まわりの百姓たちは、どうやら大身旗本の隠居所らしいと噂している。

住み込みの船頭もいるし、女中も二、三人いて、日常の買い物は近くの店ですませ、時には艀で浅草あたりにも出向いていた。

この屋敷にときおり出入りしている小商人によると、女中たちは、いずれも二十歳前後の、器量よしの娘だということだった。

また、この家のあるじは、かつて西国の大藩に仕えていた大身の武士だったが、隠居したあと、安楽に余生を送っているということだった。

――その日。

西の空に陽が沈みかけ、夕闇が忍びよりかけた七つ半（午後五時）ごろである。

烏が森の塒に帰り、昼間は田畑をかすめるように飛びかっていた燕も急いで街なかの巣にもどっていくのが見えた。

そのころ、まわりを田畑にかこまれた茅葺き屋根の屋敷に一人、また一人と訪れてくる侍たちの姿が見られた。

なかには月代と髭を綺麗に剃り上げ、きちんと髷を結い、羽織袴をつけて武家奉公をしているように見える侍も何人かいた。

しかし、おおかたは貧しげな衣服をまとい、尾羽打ち枯らした浪人者たちだった。

浪人者はいずれも頬が削げ落ち、見るからに貧にやつれており、餓狼のように底冷たく、尖ったまなざしをしていた。

腰に手挟んだ両刀の鞘も、塗りがあちこち剝げていたが、筋骨だけはたくましく、猛々しさを感じさせた。

その浪人者たちを戸口で迎え出たのは、この鄙びた百姓家にはそぐわない品のいい女だった。

その女は紗織といって、もう三十路近いらしいが、年を感じさせない美貌と、魅惑に満ちた肢体をもっていた。

紗織に招きいれられた侍たちが腰の大刀をはずし、上がり框に腰をおろすと、台所女中らしい四十婆さんが、水を張った小盥を足元にさしだした。

侍たちは雪駄や草鞋をぬいで足をすすぐと、婆さんが差し出した雑巾で足を拭き、大刀を手にさげて奥の広間に向かった。

縁側の向こうに田畑が広がる広間で、床の間を背にして浪人者たちを迎えたのは、袖無し羽織を身につけた長身瘦軀の武士であった。

五十前後と思われるその侍は、薩摩紬の単衣に裁着袴をつけ、白足袋を履いて腰には小刀を帯びていた。

単衣に紋は染め抜かれていなかったが、半白の惣髪（そうはつ）を、うなじの後ろで束ねた顔には身にそなわった威厳が感じられた。

その、あるじの左右には筋骨たくましい侍が二人、身じろぎもせず端座していた。

背後の床の間に吊るされた掛け軸には不動明王（ふどうみょうおう）が描かれている。

その掛け軸の前には一両小判が無造作に山積みされていた。

惣髪の侍は端座したままで、集まった三十人余の浪人者たちに射抜くような眼差しを向けていた。

近くの寺から暮れ六つの鐘が響いてくるころ、惣髪の侍がようやく口をひらいた。

「よいか。貴公たちの身柄は、今日、このときより、この諸岡（もろおか）湛庵がしかとあずかった。よって、おまえたちの一命は、この諸岡湛庵のものである」

そういうと、諸岡湛庵は鋭い眼光で浪人者たちを見渡した。

浪人者たちが見守るなか、それまで諸岡湛庵のかたわらに端座していた侍の一人が、それぞれに三十両の小判を配っていった。

下町住まいなら、三両もあれば家族がひと月は楽に食っていける。尾羽打ち枯らした食いつめ者の浪人にとって、三十両もの大金は、干天の慈雨にひとしいものにちがいなかった。

だれしもが、小判を懐中にねじ込みながら顔が笑みほころびた。

当分は暮らしの銭の心配をしなくてすむという安堵感がこみあげてくるのだろう。

そのころあいを見計らっていた諸岡湛庵が、厳しいまなざしを浪人者に向けた。

「いま手渡した金は、われらの血盟に賛同してくれた手付け金のようなものじゃ」

湛庵は、打って変わってなごやかな視線で一座の浪人群を見やった。

「借金があるものは綺麗に清算し、あまれば紅灯の巷で浪々の憂さをはらすがよい。妻子あるものは衣服に使うもよし、たまには旨いものを口に奢るもよし、また、酒を飲んで、おなごを抱くもよかろう」

一座の浪人たちの笑みがこぼれた。

「ただし、そのあとには生死を賭けて挑む戦いが待っておる」

湛庵の眼差しにふたたび厳しい光がみなぎった。

「いまや、徳川幕府は紀州の四男坊にしか過ぎなかった吉宗づれに牛耳られ、天下はきゃつのなすがままじゃ」

湛庵は眉尻をはねあげ、吐き捨てた。

「水戸家は形ばかりの副将軍の座にあまんじておるうえ、尾張家をはじめ、三河譜代の旗本もなすすべもなく、幕府の肝心要のところは、すべて紀州藩士で占められておる」

諸岡湛庵の弁舌は火を噴かんばかりに熱を帯びてきた。

「このまま、安閑と吉宗に天下を牛耳らせておいては徳川の世も末、いや、そればかりか武門の行く末さえも危なくなろうぞ！」

もはや、一座の浪人者たちはしわぶきひとつせず、身じろぎをする者さえいなかった。

二

しばらくして、諸岡湛庵はぐいと胸をそらせ、眼光炯々として浪人者たちを見渡した。

「わしの言に異論ある者は遠慮なく申してみよ。異論を唱えたからといって、どうこうは断じてせぬ。論議をつくしてこそ、正論は見えてくるものゆえな」

　ややあって、一座のなかから一人の浪人者が腰をあげて立ち上がり、落ち着いた声音で湛庵に問いかけた。

「ならば、ほかに、だれをもって天下人にするとよいと申されるのか、その存念をお聞かせ願いたい」

「よう、もうした。そのことこそ、われら一党の義挙にとって肝心要のことゆえな」

　諸岡湛庵は口辺に笑みをたたえると、自信にみちた口ぶりで迷うことなく述べたてた。

「いうまでもなく、天下の将軍位は徳川御三家のなかから選ぶという、権現さまの宣旨に従う決まりになっておる」

　権現さまというのは徳川幕府の始祖たる家康のことである。

　湛庵は昂然と胸を張って、一座の浪人たちを見渡した。

「水戸家だけは副将軍とし、尾張の徳川家か、紀州の徳川家のいずれかより将軍を選ぶべしという、権現さまの宣旨があることは、ご一同もご承知のことと存ずる」

ここで湛庵は座を立って、一同をゆっくりと見回した。

一座は戸惑ったように、ざわめいた。

その一座を見やって、諸岡湛庵は口辺に嘲笑をうかべた。

「真偽のほどは定かではないが、和歌山城内の垢すり女が薪割りの下男と情をかわして産み落としたのが、吉宗だという噂さえある。ならば、吉宗の実の父はその下男ということも、なきにしもあらずじゃ」

これには、さすがに浪人たちも唖然とした。

「たしかに吉宗は色浅黒く、唇も厚く、顎のえらが張りだし、鼻梁も太い。まさしく下賤の相というべきものよ」

湛庵の声音がひときわ熱を帯びた。

「また、六代さま（家宣）の御子として将軍位を継がれた家継公も、浅草生まれの八百屋の娘だった月光院の御子じゃ。六代さまが、この月光院の色香に迷われたのが、そもそものまちがいといえよう」

諸岡湛庵という男は、尾張藩からどのような請託を受けているかはわからなかったが、人心を巧みに攪乱し、扇動する術を心得ているようだった。

「さきほど貴公たちのなかに、ならば、だれをもって、九代将軍にするのがよいかと尋ねられた御仁がおられたが、水戸家は副将軍でよいという権現さまの宣旨に従えば、尾張藩主であらせられる継友公のほかに将軍位を継げる血筋の御方はござらぬ。いかがかな」

諸岡湛庵が目に笑みをたたえたまま、浪人たちの顔を見回すと、浪人たちのあいだに、いっせいにどよめきが流れた。

湛庵の言い分には我田引水が多分にあるが、食いつめ者の浪人たちはそれを指摘する気力もなくしているようだった。

諸岡湛庵はあたかもそのどよめきを楽しむかのように、しばしのあいだ、沈黙していた。

そのあいだに、さきほど戸口で一同を迎えていた紗織が、酒壺を携えた女たちを従え、白木の三方に積みあげた酒杯を浪人たちに配ってまわった。

浪人たちは三々五々かたまりあい、それぞれの苦労話や、幕府政治に対する憤懣を披瀝しあっていた。

そのなかを縫いつつ、紗織が労いの声をかけては小娘が酒壺の酒をついでまわると、浪人たちはむさぼるように酒を飲みほした。

やがて一人のいかにも屈強そうな浪人が立ち上がり、湛庵を直視して口をひらいた。

「たしかに、諸岡どのがもうされるように吉宗公が将軍位を継ぐにいたったいきさつには、いささか疑念がござるが、さればともうして、いまさら、吉宗公に代わって継友さまを将軍にまつりあげるなどということはできますまい」

「なんの、俗にも、無理が通って道理がひっこむという諺がある」

湛庵は鋭いまなざしで一同を見渡した。

「しかも、徳川吉宗が将軍宣下をするにいたったいきさつが、武門の道理にかなってはおらぬことはいうまでもないことじゃ」

湛庵は皮肉な笑みをうかべた。

「ひるがえっていうならば、天英院さまと、浅草育ちの月光院とやらもうす女狐が角突きあい、あげくの果てに、女狐の月光院が側用人の間部詮房と乳くりあい、七代さまを産み落としたことに始まる」

七代さまとは夭折した前将軍・家継のことである。

「月光院は間部詮房との醜聞を天英院に咎められ、しっぽを巻いてひきさがった。ならば家継公は間部詮房の子ということもありうるということになろう」

なんと諸岡湛庵は七代将軍家継の出自さえ疑わしいと言い放ったのだ。

「これも、いうならば下町育ちの女狐が正体をあらわしたというだけのことじゃ」

さすがに禄を離れた浪人者たちも、顔を見合わせずにはいられなかった。

「そもそもが、武門の総帥たる将軍位が、おなごの思惑にふりまわされるとは前代未聞の醜聞というよりほかはない。武門には武門の誇りもあれば、筋道もある。ゆえに、われらの手で武門の筋道をただそうではないか」

湛庵の舌鋒はますます白熱してきた。

「されば、いかにして筋道をただそうともうされるのか、存念を聞かせてもらいたい」

一人の浪人者の核心にふれた鋭い指摘に同感のざわめきがひろがった。

「いうまでもない。もはや、帝の宣下がくだされたからには、われら武門がなすべきことはただひとつ、下賤の出自たる吉宗の首を討ち取ることにある！」

湛庵の言葉が雷のように響きわたった。

「ううっ……」

「とはもうせ、まさか、そのような……」

ざわめきが、たちまち津波のようなどよめきに変わった。

「べつに驚くことはあるまい。その昔、織田信長公は桶狭間の戦いで、今川義元の首を討ち取り、天下人にのぼりつめたではないか」

諸岡湛庵の声が、ひときわ高く浪人たちの耳に響き渡った。

「われら武門は常在戦場じゃ。戦いは先手必勝ともうす。御一同は信長公に倣い、桶狭間の戦いに挑む覚悟で臨んでもらいたい」

諸岡湛庵の弁舌は朗々として、微塵のよどみもない。

また、双眸は炯々とした光があり、冒しがたい威厳さえ感じられる。

「われらの桶狭間は吉宗の首を討ち取ることにあるが、その桶狭間はいたるところにあることも、これ、また、たしかじゃ」

諸岡湛庵の口舌はさらに熱を帯びて、気迫さえ感じられた。

「田夫野人の吉宗は和歌山にいたころから、鷹狩りを好んだが、江戸城に入ってからも、暇さえあれば鷹狩りに出向いておる。その鷹狩りの場所はきまって江戸郊外の、草深い沼地や、芦原が多い。まずは、人気のない辺鄙な場所になるのは当然のことよ」

湛庵は笑みをたたえて一同を見渡した。

「ならば、鷹狩りの勢子にまじって吉宗を討ち果たすもよし、また、吉宗はわずかな側近を従えて市中見回りに出向くことも多々あるゆえ、襲撃の機会はいくらでもあろう」

浪人者はたがいに顔を見合わせたものの、しわぶきの声ひとつ出す者はいなかった。

「よいか。吉宗の世継ぎは幼少のうえ虚弱と聞いておる。吉宗が亡くなれば公儀の御定法どおり尾張家の出番となろう」

湛庵はここぞとばかりに声を励ました。

「ならば尾張藩主の継友公が、将軍位を継がれることになるのは必定。そのときは、貴公たちは一人残らず、幕府の旗本として取り立てられることになる」

この言葉に、獲物に飢えていた狼のような浪人者たちの双眸が期待に輝き、それぞれがたがいに顔を見合わせ、うなずきあった。

ややあって、湛庵はおおきくうなずいた。

「どうやら異論ある者は一人としていないようじゃの。ならば、そのほうたちは、今日をもって、この諸岡湛庵と生死をともにする同志となる」

湛庵は左側に控えていた一人の侍をかえりみて、目でうながした。

「この者は辺見五郎左衛門ともうして、尾州藩で目付をしておったが、吉宗が将軍でいるかぎり、尾州には陽がさすことはないと見極め、この湛庵の決起にくわわってくれた尾張柳生流の剣士じゃ」

ついで湛庵は右側に端座していた屈強な侍に目を移した。

「また、この井戸木甚助は疋田陰流の遣い手で、尾州では右に出る者はおらぬ一流の剣士じゃ。長年、この湛庵を補佐してくれているゆえ、相談事があればどのようなことでも遠慮なく聞いてくれてよい」

そういうと諸岡湛庵は立ち上がって一座の浪人を見渡した。

「よいか！　われらの望みはただ一つ、将軍吉宗を亡き者にすることにある」

まず、湛庵は冒頭から謀反ともいうべき、吉宗暗殺という趣旨を披露したのである。

三

いまや、一座のなかには、あえて反論するものはいなかった。

「見事、吉宗を血祭りにあげた者には千両の褒美とともに、すくなくとも五百石以上の大身旗本に取り立てると約束いたそう」

浪人者たちに一斉にどよめきが走った。

「また、いま、ひとつ、それとともに貴公らに片づけてもらいたい男がいる。浅草誓願寺門前町に住まう神谷平蔵ともうす町医者だが、こやつ、ただの町医者ではない」

湛庵の双眸に凄みのある光が宿った。

「こやつは江戸五剣士の一人、鐘捲流の遣い手、佐治一竿斎の愛弟子で、しかも吉宗とは昵懇の間柄じゃ」

ここで、湛庵は茶をすすると、口をゆがめて吐き捨てるように言った。

「この神谷平蔵という痴れ者は直参旗本の次男に生まれたにもかかわらず、市井の町医者をしておるという希代のへそまがりじゃ。吉宗が公儀のしかるべき役職に取り立てようとしたのを断り、いまだに浅草で町医者をしておるという変わり者よ」

湛庵は口をへの字にひんまげた。

「なれど、こやつには何人もの剣友がついておって、そやつらが、いずれも一流の遣い手揃いじゃ。吉宗を討ち果たすよりも、神谷平蔵と、その仲間を討ち果たすことが先決といえるが、こやつらを仕留めるには、よほど腕に覚えのある者でのうてはならぬ」

湛庵は右側に控えていた、井戸木甚助に目を向けてうながした。

「神谷平蔵のことは、この井戸木甚助に聞くがよい」

一同のまなざしを受けて、甚助は少しまぶしそうな目になって軽く会釈した。

「この甚助とよくよく相談のうえ、是非とも神谷平蔵を討ち取ってもらいたい。さすれば、神谷平蔵の首代は五百両、平蔵の剣友ひとりにつき三百両の褒賞を約束しよう」

「おおっ……」

一人の浪人者が立ち上がった。

「その、神谷平蔵の仲間とやらの名を教えていただきたい」

湛庵は笑みをうかべて、うなずいた。

「よかろう。矢部伝八郎、笹倉新八、井手甚内、それに柘植杏平の四人じゃな」

「あまり聞いたことのない名じゃな」

馬面の浪人者が、かたわらの髭面の浪人者に小声でささやきかけた。

「うむ、われらとおなじく、おおかた素寒貧の浪人だろうよ」

髭面が口をひんまげて、うなずき返した。

「そうよ。どこぞの道場の代稽古をして手間賃を稼いでいるんじゃないか……」

「湛庵どの。そやつらは少しは歯ごたえのある剣士でござるか」

「うむ、そうよな……」

湛庵はおもむろに一座を見渡した。

「矢部伝八郎という男は、平蔵とおなじく佐治一竿斎の門下で鐘捲流を遣う。また、笹倉新八は念流。井手甚内は無外流の遣い手じゃ」

ここで湛庵は声音を一段と励ました。

「いま一人の柘植杏平という男は、尾張柳生流の高弟だったが、［石割ノ剣］とやらもうす異端の剣法を編み出したことから破門され、柘植は藩を捨てたのじゃ」

一人の見るからに屈強な浪人者が立ち上がり、湛庵に問いかけた。

「諸岡どの。その［石割ノ剣］とはどのようなものでござるか」

「うむ。わしも見たことはないが、その手練のほどを確かめに来た藩士の見ておる前で、寺にあった石灯籠の笠を断ち切ってみせ、しかも柘植の刀身には刃こぼれひとつなかったということじゃ」

「ほう……石灯籠の笠をか」

「信じられん……」

「まさに、鬼神の仕業じゃな」

一座のあちこちで、ざわめきの波紋がひろがった。

「諸岡どの。なにゆえ、尾張藩はそれほどの男を手放されたのでござる……」

「いやいや、手放したわけではない。継友さまが柘植の剣を有意に使おうと考えられて、みずから陰扶持（かげぶち）を出されてひそかに養われていたようじゃな」

諸岡湛庵は手をひらひらと横にふり、ホロ苦い笑みを頬に刻んだ。

「しかし、出る杭（くい）は打たれるという諺があるように、藩内では柘植杏平の剣を異端の技とそしる者も多く、また、柘植の出自が捨て子だったことで、若いころから藩士たちに卑しめられていたため、柘植杏平は臍（へそ）を曲げて藩を出奔（しゅっぽん）したと聞いておる」

湛庵は眉根をしかめた。

「とはもうせ、柘植も一度は継友さまの恩顧（おんこ）をうけた男ゆえ、こたびは尾張に刃（やいば）を向けるか、どうかは不明じゃが……」

湛庵はここで口を濁し、渋い目になった。

「なれど、万が一にも尾張に刃を向けてくるやも知れぬ。そのときは必ず仕留めてもらいたい。この柘植杏平には神谷平蔵とおなじく五百両の首代をあたえよう」

ふたたび、一座にどよめきが走った。

「五百両、か！　ううむ、是非とも、その柘植杏平とやらの首を討ち取りたいものじゃ」

「ううむ！　五百両もあれば一生、遊んで暮らせようぞ」

「どれほどの剣士かはわからぬが、二人がかりならなんとか仕留められよう」

「おお、たとえ折半しても二百五十両にはなるのう。大店の用心棒をしても、せいぜい日当は一分か二分が相場だからな」

「そもそも小判などというものは、このところ目にしたこともないわ」

「湛庵どの。いまのお約束、よもや変替えはなさるまいな」

口々に取らぬ狸の皮算用をして、いろめきたった。

諸岡湛庵はおおきくうなずいた。

「この諸岡湛庵は生涯一度たりとも、偽りをもうしたことはない」

「よかろう。しかと承った」

浪人者たちのあいだに、しばし、どよめきが波をうった。

「なんと、神谷平蔵と柘植杏平のふたりともに仕留めれば千両か……」

「たとえ半分の五百両でも、おもしろおかしく遊んで暮らせるのう」

「ううむ、吉宗はともかく、その平蔵とやらの仲間ひとりを斬ったただけで三百両だ。まず、十年は楽に遊んで暮らせるぞ」

「ま、吉宗を討つのは、そのあとでもよかろうて」

「そうよ。まずは、その神谷平蔵とかいう町医者のほうが手っ取り早い。たとえ五人がかりで斬り捨てても一人頭、百両になるぞ」

「ううむ。またとない、おいしい話だのう」

「いや、どうせ命がけなら千両首のほうがよいわ。たとえ討ち損じたとしても、死に花を咲かせることができるというものだ」

「うむ、花は桜木、人は武士。どうせ狙うなら、雑魚よりも、大将首よ」

もはや浪人者たちは、名誉も、小判も、おのれの手につかみとったような気分になっているようだった。

そのようすを眺めた湛庵は、かたわらに控えている腹心の辺見五郎左衛門に目をやって、おおきくうなずいた。

そんなざわめきのなかで、馬面の浪人者が渋い顔で髭面にささやいた。

「ま、ともかく小判一枚もあれば当分、飲み代には困らんからの」

「ふふ、そういうこと、そういうこと……」

「うむ。貴公とはウマがあいそうじゃ。それがしは石州浪人、服部半介ともうす」

馬面がにやりとした。

「おお、申し遅れた。拙者は因州浪人、神岡市之丞じゃ」

髭面の神岡市之丞が、馬面の服部半介に笑みかけた。

「今後、昵懇に願いたい」

「おお、わしの住まいは浅草の今戸町じゃ。江戸に出て二年になるゆえ、ツケのきく飲み屋もいくつか知っておる。ひとつ、今夜にでも一献酌みかわそう」

馬面の服部半介と、髭面の神岡市之丞は、にんまりと顔を見交わした。

第三章　夢か、幻か……

一

四十貫（約百五十キログラム）はあろうかという雄の猪が、まっしぐらに吉宗をめがけて突進してくる。

そやつは、山裾にひろがる雑木の茂みを苦もなくなぎ倒し、背筋の剛毛を逆立て、白い牙をむきだし、鼻息も荒く、吉宗に向かって真一文字に迫ってくる。

猪はふだんは臆病な獣だが、繁殖期には気がたっている。

勢子たちに突き棒で追い立てられ、逃げ場を失い、逆襲してきたのである。

この日、将軍吉宗はみずから鉄砲を手にして、お狩り場に近習や小姓を引き連れ、雉狩りに出向いた。

吉宗は雄雌あわせて五羽も雉を仕留め、上々の気分だった。

山猟師の話では猪は交尾期で、この狩り場には見あたらないということだった。

そのため、鉄砲も口径のちいさい鳥撃ち用のものしか携えていなかった。

この雄の猪は移動中に発情し、雌の猪と番っていたところを勢子に追いたてられ、逃げ遅れた雌の猪のほうが撃ち殺されたのだ。

猪は滅多に人を襲うことはないが、番いの雌を目の前で殺された憤怒で、雄猪の目は血走っている。

吉宗は素早く手に携えていた雉撃ち用の鉄砲をかまえ、銃口を猪の眉間に向けて、無我夢中で引き金を引いた。

銃口が火を噴き、耳をつんざくような銃声が炸裂したが、雉撃ち用の弾では猪を仕留めることはできなかった。

弾丸は猪の躰に吸いこまれたはずだが、猪はひるむようすもなく、白い牙を剝いてまっしぐらに吉宗めがけて襲いかかってくる。

荒々しい息遣いとともに、大猪は凄まじい勢いで吉宗の胸に激突してきた。

避ける間もなく、吉宗の五体は、いともかるがると手鞠のように宙に跳ね上げられた。

——あああっ！

断末魔の声をあげた途端、吉宗は暗黒のなかから、忽然と目覚めた。

＊　＊

吉宗は呆然として、まわりを見回した。

「…………」

部屋の一隅には、黒漆に金粉で三つ葉葵の徳川家の家紋を描いた枕行灯が、ほのかに淡い火影を投げかけている。

あたりは深閑と静まりかえり、頭上には檜の板を張りつめた格天井が見える。寝所の四方には御簾がかけられていて、金粉、銀粉をちりばめた、目にも綾な絵屏風でかこまれている。

ここはまぎれもなく、江戸城大奥にある将軍寝所だった。

吉宗の敷布団は極彩色厚地の織物に金襴の縁取りをした厚み五、六寸のものである。

さらに、その上に紅縮緬におしどりの縫い取りがほどこされたものを、もう一枚重ねてあるという贅沢なものだ。

また、上掛けの布団は地白の唐織りに、白糸で鶴亀と松竹梅が縫い取りされていた。

その、いずれにも目にも綾な紅絹の裏地がつけられている。

しかも、掛け布団も、敷布団も、毎夜、新しいものと取り換えられた。

紀州藩邸でも、藩主の寝室は贅をきわめたものだったが、吉宗が藩主になってからはすこしずつ、質素なものに改めさせた。

しかし、吉宗が将軍の座について千代田城のあるじとなってみると、この大奥という場所は尋常ならざるものだということが、次第にわかってきた。

改革というものは、一朝一夕にできるものではなかったのである。

吉宗は絹夜具を撥ねのけると、どっかと大あぐらをかいて、肩でおおきく息をついた。

全身から汗が噴き出し、白い寝衣がぐっしょりと濡れている。

――夢か……。

吉宗は思わず安堵の吐息をついた。

「どうか、なされましたか……」

かたわらに添い寝をしていた白い女体が、片肘をついて、案じ顔でのぞきこんだ。

まだ、吉宗が紀州藩主だったころから寵愛している側室のお久免の方であった。

「う、うむ。……なんでもない。夢じゃ。猪の夢を見たらしい」

「ま……猪が、夢に」

一瞬、お久免の方は唖然としたが、すぐにくすっと忍び笑いをもらした。

寝乱れた白絹の寝衣の襟ぐりから、むちりとした乳房がこぼれだしている。

「ふふ、ふ……」

吉宗は苦笑いし、片手をのばし、お久免の方を抱き寄せた。

「いやいや、そうではのうて、どうやら、そちが、わしの腰を思うさま、足で蹴り飛ばしたようじゃな」

「もう、よう、そのようなことを……」

お久免の方はあきれ顔になって身を起こしかけたが、その手にあぐらをかいた吉宗の毛深い太腿がふれて思わず頰を赤らめた。

お久免の方はさきほど、吉宗の丹念な愛撫を受けて抱かれたあと、つい、うとうととまどろんでいたのだ。

吉宗は徳川家の始祖である家康とおなじく身体強健で、房事にも強精だった。

今夜も、お久免の方を入念に愛撫し、果てたあとも、お久免の方の乳房をつかんだまま寝入ってしまったのだ。

二

吉宗は貞享元年（一六八四）の十月二十一日、紀州藩主・徳川光貞の七人兄妹の末っ子として生まれた。

母親のお由利の方（紋子）は和歌山城で湯殿係の女中をしていたが、光貞に気にいられ、側女として迎えられた。

側女になったお由利の方が産んだ男子は、幼名を「源六」と名付けられた。

源六は生まれてすぐに、家臣の加納政直のもとに預けられた。

ともあれ、源六は近くの野山を駆け回り、喧嘩のときは先頭にたって、殴りあいも辞さない腕白坊主だった。

吉宗が諸大名のなかでも、並はずれた体格をしていたのは、お由利の方の血筋を受け継いだからだろう。

また、吉宗が細腰の手弱女よりも、健やかな女を好んだのは、父親の光貞の血を受け継いでいたからともいえる。

吉宗は身体強靭、また精力も絶倫で、十六歳のとき生母、お由利の方付きの女中に手をつけたほど、早熟な少年だったらしい。

また、父の光貞が招いた本職の力士と源六に相撲をとらせてみたところ、なんと源六は力士と四つに組んで投げ飛ばしたほど、膂力にもすぐれていたという。

吉宗が紀州藩主になったころ、鷹狩りに出向いたときのことである。

百姓家で休息していると、その家の娘が両手に米俵をかるがるとさげて、蔵に運んでいるのを見て一目で気にいり、すぐさま城に連れ帰り、側女にした。

ただし、側女になったものの城奉公は窮屈だと訴えたので、生涯百俵の扶持をあたえて生家にもどし、娘は安楽に過ごしたという。

吉宗は強精で、女好きだったが、顔の美醜にはこだわらず、乳房が豊かで、尻のおおきな女を好んだ。

俗にいう、でっちり、鳩胸の女が好みだったのである。

お久免の方も武士の娘だったから、幼いころから刀や柔術で鍛えられており、身体強健だった。

けっして美貌ではなかったが、吉宗好みの健やかな躰をしていた。

お久免の方は紀州藩士・稲葉彦五郎定清の娘で、十五のときに吉宗の生母浄円院（お由利の方）のもとに奉公にあがると、十七のとき吉宗の目にとまり、寵愛をうけるようになった。

吉宗の正室は伏見宮の三女真宮理子だったが、流産で病床に伏し、吉宗の将軍就任を見ることもなく二十歳の若さで没した。

ほかにも、お須磨の方、お古牟の方、お梅の方、おさめの方、お咲の方などの側室もいたが、いま、吉宗が寵愛しているのは、お久免の方ひとりだけになっている。

お久免の方は大柄な女だったが、黒目が涼しく、口元の愛らしい、愛嬌のある顔立ちだった。

なによりも嫉妬深いところが微塵もなく、政治には口だしをするようなことがない素直な女だったため、吉宗の寵愛は生涯、いささかも変わることがなかった。

正室や、ほかの側室は早世したが、お久免の方は八十一歳の長寿を保ち、覚樹院の号をあたえられた。

三

吉宗は身の丈六尺（約百八十センチ）近い偉丈夫（いじょうふ）で、腕力も強かった。

天下泰平の世がつづくにつれ武士も軟弱になってきたが、若いころから鷹狩りが好きだった吉宗は、将軍になってからも草鞋履き（わらじば）で鉄砲片手に山野を駆け巡った。

まだ吉宗が紀州藩主だったころ、領内で狩猟に出たとき、勢子に追われた大猪が吉宗のほうに向かって突進してきた。

近習の者がうろたえて逃げまどったが、吉宗は手にしていた鉄砲で猪の眉間にとどめの一発を撃ち込んで仕留めた。

その大猪は人夫が十数人がかりで、やっとかつげるほどの大物だったという。

鷹狩りは五代将軍綱吉（つなよし）の「生類憐みの令（しょうるいあわれ）」以来、禁止されていたが、吉宗は前将軍家継の一周忌の法要が終わるのを待って、さっそく鷹狩りを催した。

鷹匠（たかじょう）のほかに同心や野廻り役、鳥見衆（とりみしゅう）はもとより、近習たちにもそれぞれ持ち場がわりあてられた。

鷹狩りは狩りに名を借りた大演習ともいうべきものだが、近習のなかには草鞋を履いたこともなく、馬にも不馴れで落馬する者もいた。

そればかりか腰の刀が重くふらつくため、竹光でごまかしている旗本さえいた。

始祖家康以来の尚武の気風はうしなわれ、剣術などの武芸は敬遠され、柔弱な口舌の徒がのさばるようになっていたのである。

ことに犬公方と陰口をたたかれた綱吉は癇癖が強く、荻原重秀を重用して、小判を改鋳し、十三年間で五百万両の利益をもたらしたものの、悪貨鋳造のツケがまわって物価が高騰し、幕府財政は疲弊していた。

金貸しが横行し、借りた金が返せない者は妻や娘を泣く泣く身売りする羽目になる。

小禄の旗本のなかにも借金が返せず、妻や娘を金貸しの妾に渡すものがいた。なかには借金のカタにとられ、吉原に身を沈めた妻を亭主がひそかに連れだし、駆け落ち心中するという悲劇も生まれた。

今や、万事、何事も金次第という世の中になっていたのである。

綱吉の没後、六代将軍になった家宣は悪評高かった元禄小判を改鋳し、荻原重秀を追放して、財政再建に乗り出したものの、志なかばの五十一歳で病没した。

七代将軍家継は幼少だったため、吉宗が後見となって、幕府再生に乗り出した。間もなく、家継がわずか八歳の幼少で病没し、吉宗が将軍位についたのである。

吉宗は武士の根幹は士魂にある、というのが終生変わらぬ信念だった。

武士が帯刀を許されているのは、おのれの身を守るためではなく、ひとの非道を許さぬためにほかならない。

そのためには、まず、武士はおのれを厳しく律することを求められる。

吉宗は日頃から、衣服も綿服と質素な小倉袴を好み、印籠にも金銀などの飾りは一切つけなかった。

食事も一日二食で、それ以上は腹の奢りだと臣下にも戒めた。

千代田城内で、老中たちに振る舞う酒肴の膳も質素なものだった。

また、吉宗は醍醐と呼ばれる、牛の乳を煮詰め発酵させた乳製品を好んで食した。

西洋でチーズと呼ばれている醍醐は、女の愛液と似た独特の臭みがあり、下賤の食べ物といわれていたが、吉宗は紀州藩主のころから好んで醍醐を口にした。

吉宗が、女の器量の善し悪しを気にせず、肉づきがよく、足腰の健やかな者を好んだのは、足腰が健やかであれば、健やかな子を産むことができるだろうと思ったからである。

健やかな子は、健やかなこころを育むだろうというのが、吉宗の素朴な発想だった。

町娘でも、乳母日傘で育てられた娘は足腰が弱く、嫁にいって身ごもっても流産したり、産んだ赤子もすぐに死んでしまうことが多い。

赤子をぽこぽこ産む女は足腰も丈夫で、安産し、生まれた子も元気に育つ。

吉宗は天性が合理主義者で、見てくれよりも実利を大事にしたのである。

また、器量よしの娘は、えてして我が儘娘が多いと吉宗はみていたのだ。

このあたりにも、見てくれよりも、肌身の健やかさと、心ばえのよしあしを重視した吉宗の性格がうかがえる。

これらのことから、大奥では吉宗をひそかに野暮将軍と呼んでいた。

吉宗に生涯寄り添ったお久免の方は、性格も素直で、寝間でも吉宗のもとめるがままに四肢をゆだね、放恣に吉宗の愛撫にこたえた。

大奥の実権を握っているのは六代将軍家宣の正室だった天英院だが、お久免の方はその天英院からも可愛がられている。

四

吉宗の生母、お由利の方も、美女とはおよそ縁遠い顔立ちの大女だった。

お由利は紀州藩の下士の娘で、和歌山城の湯殿係の女中をしていたが、吉宗の実父で藩主だった光貞が、湯につかっているとき、裾からげして垢すりをしているお由利の豊満な躰に気をそそられ、手首をつかんで抱きすくめようとした。

ところが、お由利は「なにをなされますのか、ごむたいな……」と手桶の湯を光貞にぶっかけて抵抗した。

光貞は一瞬、あっけにとられた。

光貞は紀州五十五万石の藩主で、しかも徳川御三家の当主である。

和歌山城に仕えている女はすべて、我がものと思っていたにもかかわらず、たかが湯殿の垢すり女中の、思いもかけぬ手厳しい抵抗にあって、一瞬、唖然とした。

気まぐれに手をだしたものの、逆らわれたからといって、おお、そうか、悪かったと引き下がれるものではない。

それどころか、むしろ逆に、戯れのつもりの淫情に火がついた。

「これ、さわぐでない。悪いようにはせぬ。優しゅうに可愛がってやるゆえ、おとなしゅうするがよい」

お由利の手首を鷲づかみにし、ちからまかせに引き寄せた。

光貞は紀州藩主とはいえ、日頃から武芸に精進して五体を鍛えあげている。

いくら大女とはいえ、簀の子のうえにどっかと大あぐらをかいた光貞の腕力には、あらがうべくもなかった。

お由利は光貞に引き寄せられるままに抱きすくめられてしまった。

大女ながらも、お由利の肌身はむちりとしていて、光貞の手指に吸いついてくるように滑らかで、弾力にみちみちていた。

光貞が乳房を丹念に愛撫しつつ、簀の子のうえにおさえこむと、お由利はやがて観念の眼を閉じた。

しかし、お由利は奥勤めの、ただ、おとなしいだけの女たちとちがって、気性がきっぱりとしているばかりか、抱きしめてみると全身がばねのようによく弾む。

光貞がこれまで抱いた、どの女にもない野生の魅力にみちあふれていた。

気まぐれのつもりが、逆に光貞の情念をいやがうえにもそそりたてたのである。

人形のような奥女中とはまるでちがう、生身の女の魅力があった。

もはや、光貞は一時の気まぐれではなく、お由利を手放せなくなってしまった。

すぐさま光貞は側臣に命じて、お由利を側室として迎えたのである。

お由利の方は、君主に媚（こ）びることなく、思うさまに声をあげ、なまの感情をぶつけてくる。

ときには光貞が、お由利のたくましい反応に翻弄（ほんろう）されることさえあった。

光貞は野育ちの、お由利の健やかな四肢に魅（み）せられ、こよなく寵愛した。

お由利は間もなく身ごもり、男児を出産したものの、光貞の正室は伏見宮貞清（さだきよ）親王の娘に生まれた、いわゆる貴族の出である。

気位の高い正室が、湯殿係をしていた女中のお由利が産んだ子を、正式に認めるわけもなかった。

五

のちに吉宗となるこの赤子は、脇腹の子にする習わしに従い、一旦は捨て子にされた。

むろんのこと、この赤子はあらかじめ土地の神官をしていた加納政直が拾い、大事に育てることになっていた。

やがて光貞の正室が病死すると、源六はようやく藩主の庶子（しょし）、いわゆる脇腹の子として和歌山城に迎えいれられたが、上には三人もの兄がいた。

光貞の父は家康の十子、頼宣（よりのぶ）で大坂の陣にも参戦したことのある武将である。

お由利の方が産んだ吉宗は、光貞が湯殿の垢すり女に手をつけて産ませたという出自だったため「湯殿（ゆどの）っ子」と呼ばれ、家臣からも軽んじられていた。

もとより吉宗が紀州藩主になれる見込みはなかったが、徳川の始祖である家康を生涯敬慕していた吉宗は、家康が鷹狩りを好んだように、みずから弓矢や鉄砲を手にし、日々、心きいた家臣を供にし、弓矢を手に山野を駆け巡った。

雉や猪を仕留めては、皮を剝（は）いで肉を串に刺し、焚（た）き火で炙（あぶ）って舌鼓（したつづみ）をうった。

六

——あのころが、なつかしい……。

上様などと奉られて、日々面倒な裁決に追われる羽目になるなど、勘弁してもらいたいというのが吉宗の本音だった。

ところが兄がつぎつぎに夭折し、思いもよらなかった紀州藩主の座が吉宗のところにころがりこんできたのである。

そのころ、千代田城でも、犬公方と陰口をたたかれていた五代将軍綱吉が、麻疹をこじらせ、あっけなく亡くなった。

六代目の将軍位を継いだ家宣は綱吉の従兄弟で、歴代将軍のなかでも眉目秀麗の貴公子だったが、頭脳も明晰で、甲府宰相の座にあったころから綱吉の偏狭な施政には眉をひそめていた。

将軍位につくなり、すぐさま悪評高かった［生類憐みの令］という前代未聞の悪法を廃止し、万民を安堵させた名君だった。

ただ、生まれつき躰が弱く、風邪をこじらせて、惜しくも五十一歳という若さで亡くなってしまった。

家宣の死後、四歳で将軍位を継いだ幼い家継は、幕府の政治はもっぱら側用人の間部詮房にまかせきりだった。

政治の実権は側用人の間部詮房と、学者の新井白石のふたりが握っていた。

家宣の側室だった月光院は絶世の美女だったが、美男子で聞こえた側用人の間部詮房とわりない仲になり、毎夜のように酒宴をひらいては老中たちの眉をひそませていた。

幼い家継が「母と詮房はまるで夫婦のようじゃな」と口にしたほどだった。

その家継が四年後、肺炎のため、わずか八歳で亡くなる寸前、月光院はひそかに詮房と相談し、尾張藩主の徳川継友を後継者にしようと幕閣にはたらきかけた。

これに、待ったをかけたのが、家宣の正室だった天英院熙子である。

天英院は「前代さま（家宣）の御遺命は吉宗を後見にということだった」と幕閣の重臣たちに告げたのである。

七

天英院熙子は左大臣近衛基熙の息女に生まれ、京の都から家宣の正室に迎えられたというだけに気位も高かったが、聡明で意志の強い女性でもあった。

天英院は家宣の側用人だった間部詮房や儒学者の新井白石が、月光院と組んで尾張の継友を将軍に迎えようと画策しているのに我慢がならなかった。

月光院は江戸の八百屋の娘に生まれたが、評判の器量よしだったため大奥に女中奉公にあがった女である。

側用人の間部詮房が家宣にすすめて側女になって、鍋松（なべまつ）という男子を産んだ。

それが、七代将軍家継である。まだ前髪もとれない幼児に、天下のまつりごとがわかるわけもない。

しかも、我が子が将軍になってからというものは、月光院の威光は天英院をも凌（しの）ぐまでになっていた。おりもおり、月光院の腹心だった絵島（えじま）という女官が、歌舞伎（かぶき）役者の生島新五郎（いくしましんごろう）と情を通じているという噂（うわさ）が明るみに出た。

このため、月光院がおしていた尾張藩主継友の将軍位の目は水泡と帰した。むろん、絵島も生島も咎（とが）めを受けたが、月光院自身の威光も地に堕（お）ちた。また、月光院と親しかった尾張藩主の継友は、京の公家たちと交友を深め、都かぶれしていて、とても武門の総帥（そうすい）たる将軍に向くような男ではない、と天英院はみていた。

おなじ御三家でも、紀州藩主の吉宗は見た目も無骨（ぶこつ）で、色浅黒く、貴公子とはいえないが、野山に馬を走らせ、狩りを好み、戦国武将のような威風が感じられる。

天英院はあらゆる手をつくし、吉宗が将軍位を継げるよう根回しをした。

天英院は副将軍の水戸藩主や、幕府の老中たちに、吉宗の将軍位就任こそが天下万民のためであると説得したのである。

かねてから、月光院と間部詮房の醜聞(しゅうぶん)に眉をひそめていた水戸藩主の徳川綱條(つなえだ)や、幕閣の老中たちも、都かぶれした優男(やさおとこ)の継友よりも、武門の総帥たる将軍位には吉宗のような人物のほうがふさわしいと思うようになっていった。

こうして形勢は一変し、吉宗に八代将軍の座がころがりこんできたのである。

しかし、吉宗にしてみれば、何事にも上様、上様と奉られて、江戸城の内外での立ち居振る舞いにも、いちいち気を使うような羽目になるなど、勘弁してもらいたいというのが、偽らざる気持ちでもあった。

しかも、このころ、幕府の金蔵は五代将軍綱吉以来の放漫(ほうまん)財政で、ほとんど底をついて、窮乏状態になっていたのである。

かつては、百数十万両を越える備蓄があった幕府の金蔵も、いまは十数万両しか残っていなかった。

女色に惑溺(わくでき)し、家臣の妻まで献上させた綱吉の放漫財政と、町娘から将軍の側室になりあがった月光院の乱費で、いまや幕府は破綻寸前だった。
なによりも幕府の財政再建と、規律の粛正こそが吉宗の急務だったのである。

第四章　伏魔殿

一

吉宗は財政改革にあたり、まず、身近な大奥から手をつけることにした。

大奥の要は御台所（将軍の正室）だが、その御台所を病いで失っていた吉宗は、大奥のてっぺんに天英院を置くことにした。

天英院熙子は京の都の五摂家のひとつ、近衛家の娘で出自（生家）は申し分がなく、かつ賢明な女性でもあったが、不運にも子宝には恵まれなかった。

天英院は京の都から、侍女として連れてきた須免という娘を家宣の側室にあげた。

お須免の方は間もなく、大五郎という男子を出産したが、この大五郎は幼くして病没してしまった。

そして、ほぼ同時期に生まれたのが鍋松である。

しかし、家宣が正徳二年（一七一二）九月、病床にふした。

家宣の病状が悪化すると、七代将軍になる後継者をめぐって、鍋松を産んだお喜世の方（月光院）と、紀州藩主の徳川吉宗を推す天英院の争いが激化した。

この争いは家宣が鍋松を指名したため、鍋松が七代将軍家継となったものの、正徳六年（一七一六）、その家継も風邪をこじらせて肺炎を併発し、わずか八歳で病没してしまった。

ふたたび後継者争いが起こり、お喜世の方は間部詮房とともに、御三家の筆頭である尾張藩主の継友を推したが、天英院は紀州藩主の吉宗を擁立したのである。

天英院は実家の近衛家と、水戸藩主の綱條もしっかりと味方につけたうえ、老中たちの支持も取りつけた。

幕府の役人を掌握している老中たちの後ろ盾があっては、月光院や尾張の継友も引き下がるほかはなかった。

——尾張さまは一手たらず……。

という落首は、このことを皮肉ったものである。

こうして、紀州藩主の四男坊に生まれ、鹿や猪狩りをして、野山を駆け巡る野生児だった吉宗が、思いもよらず紀州藩主の座につき、さらに徳川幕府八代目の将軍にまでのぼりつめることになったのである。

いうなれば、吉宗はまさしく棚から牡丹餅（ぼたもち）のような幸運な星のもとに生まれてきた人物であった。

しかも、吉宗の将軍就任は大奥の権力争いがもたらしたものだったのである。

二

大奥は江戸城の本丸御殿の総建坪（そうたてつぼ）一万千三百七十三坪のうち、半分以上の六千三百十八坪という広大な敷地を占めている。

この大奥には常時、千人前後の女中衆が住み暮らし、それぞれに扶持（ふち）を与えられていた。

大奥に仕える女の最高位にあたる上臈（じょうろう）の扶持（年俸）は百石十五人扶持、御年寄（おとしより）は五十石十人扶持、御客会釈（おきゃくあしらい）は二十五石五人扶持、御中臈は十二石四人扶持だった。

直参旗本とくらべれば、扶持そのものはそれほど高いものではないが、御中臈には利発で、見目よい娘がついたため、将軍の目にとまることが多い。

この御中臈付の女中に将軍の目がとまると、すぐさま御中臈に格上げされて、将軍の寝間で添い臥(ふ)しするよう仰(おお)せつけられる。

旗本や商人が娘を大奥女中にあげたがるのは、このためだった。

娘を玉の輿(こし)にのせるには大奥女中にあげるのが一番の近道で、運よく娘に将軍の手がつくと、親ばかりではなく、親戚の者にも出世の道がひらかれることになる。

天下泰平の世では、これほど手っ取り早い出世の糸口は、ほかになかったといっても過言ではない。

大奥ばかりではなく、諸藩の奥仕えの女中たち、大店(おおだな)に女中奉公する娘たちの親もおなじようなものだった。

——若殿は馬の骨から御誕生……。

などという川柳(せんりゅう)もあれば、

——箱入りを隣の息子封を切り……。

まるで親の嘆き節が聞こえてくるような川柳もある。

封を切りというのは、むろんのこと娘の処女を破られるということである。

相手の男が、藩主や若殿なら願ってもない慶事だが、逆に大事な箱入り娘が、近くの道楽息子に弄ばれでもしたら、それこそ、親は泣きの涙にくれることになる。

娘の適齢期は十三、四ごろから、十五、六が最盛期で、二十歳を過ぎると嫁き遅れになりはしないかと親は焦る。

器量よしの娘をもった親にしてみれば、大奥に奉公にあがるという、幸運をつかむためなら大金を投じても惜しくはなかった。

月光院も一介の町娘から、大奥にあがる幸運をつかんだ娘の一人であった。しかも、将軍の側室になるという願ってもない幸運に恵まれた。

三

江戸城の大奥には米はもとより薪、炭、油、酒までが幕府から現物支給されていたから、一年間の経費は約二十万両にもなった。

大奥の食事をつくる御広敷台所人や、御賄方の役人たちは、鰹を魚河岸から百尾取り寄せると、頭を切り落としてから、これは使えぬときめつけ、何十匹も捨てさせる。

　こうして、一旦、捨てたはずの鰹を役得として我が家に持ち帰る。

鰹だけではなく、油や酒、菓子にもいちいちケチをつけては家に持ち帰っていた。

　商人からは賄賂をとり、賄賂がすくない商人は出入り禁止にしてしまった。

まさしく大奥は食いつぶし、無駄遣いのかたまりのようなものだったのである。

また大奥の女中たちは男との接触を禁じられていたため、禁欲の憂さ晴らしに、菓子や着物を買い漁り、出入りの商人が差し入れた浮世絵や艶本を読みふけっていた。

　秘戯画とは男女が交わるさまを、克明に描いたものだが、むろん非合法のものである。

　筆をとった絵描きも、版元も処罰され、百日間ものあいだ手鎖をかけられる。

　しかし、大名屋敷の襖絵や、屏風に風景を描いて生計をたてられるような絵師は、ほんの一握りほどしかいない。

　鳥居清信、狩野探幽、尾形光琳なども、若いころは秘戯画を描いて暮らしていた。

芸術などというものは後世のもので、山水や肖像画などに金を払う者はいなかった。

絵を描くしか生きる道がない絵師は、秘戯画に筆をとるしかなかったのである。版元も絵描きにもとめる絵は、艶麗（えんれい）な秘戯画だった。

男子禁制の大奥に勤める女中たちが、男女が交わる秘戯画を見ては、胸を躍らせていたのは当然のことだった。

抜け目のない商人たちは、大奥の女中たちに菓子に添えて、艶麗な秘戯画を贈っては、その見返りに高価な簪（かんざし）や帯、着物などを市価より高値で売りつけていた。

ともあれ、江戸城の経費のなかでも大奥では毎年、途方もない金額が費消されていた。

いわば、大奥は壮大な浪費の象徴のような伏魔殿だった。

四

やがて、吉宗は大奥のてっぺんにいる天英院に、幕府財政の窮乏を告げ、大奥に仕える女官たちの人員整理を断行していただきたいと願い出たのである。

しかも、その整理の条件は器量がよく、年も若い女官たちにしぼるということだった。

そして、大奥に残す女官は、もはや婚期を過ぎた女たちにしたいという。

大奥の女官というのは、将軍の褥に侍る予備軍のようなものである。

にもかかわらず、吉宗は婚期が過ぎた女だけを残して、娘盛りの女官を生家に戻すようにしたいという。

天英院はおどろいて、そのわけを聞いたところ、吉宗は「器量のよい娘なら生家にもどしても、すぐに嫁ぎ先が見つかるだろうが、器量もさほどよくはなく、婚期も過ぎた娘はそうもいかぬだろうから、大奥に残して使ってやるがよい」と答えた。

吉宗は財政削減の手始めに、大奥から手をつけようとしたのである。

「あたら器量よしのおなごを、大奥にとどめておくのは哀れではありませぬか。おなごは若いうちに嫁にいって、子を産み、育ててこそ幸せになりましょう。一日も早く大奥から宿さがりさせてやるがよいと存じまする」

大奥のあるじである天英院は、この吉宗の意図をこころよく了承し、思うように、大胆な世直しをすすめるよう吉宗を励ました。

天英院は大奥の老女を呼びつけると、幕府財政の窮乏を告げて、いかなる節約にも耐えられる者だけを残し、ほかのものは生家にもどすよう命じた。

これらの幕府の徹底した勤倹節約の方針を、陰からひっそりと無言で支えたのは、吉宗の生母である浄円院であった。

若いころ、お由利という名で和歌山城の湯殿係をしていた浄円院は、吉宗の母公として江戸城二の丸御殿に迎えられていた。

しかし、浄円院は微塵も奢ることはなく、紀州にいたころからの、つましい暮らしを変えようとはしなかった。

御台所や側室も足袋は一度履けば、侍女に下げ渡し、新品を用いていたが、浄円院は何度も洗い直して、新品はしまっておいた。

また、焼き魚は裏返しにしないのが大奥の作法だった。

焼き魚は表の半身だけ食べて、裏の半身は箸をつけずに、台所にさげさせるのが大奥のしきたりになっていた。

しかし、浄円院は焼き魚を裏返しにして、骨のあいだについている身を、丁寧に箸の先で抓みとって綺麗に食べた。

また浄円院は下着の糸がほつれたら、みずから針を手にして繕った。

浄円院は和歌山城内にいたころの習慣を、少しも変えることなく過ごしていたのである。

そうした浄円院の質素な暮らしぶりを、奥女中たちが笑い話のタネにしていると耳にした天英院は、すぐさま奥女中たちを呼んで厳しく叱りつけた。

「物を大事になされている浄円院さまに見習うべきであるにもかかわらず、つましいことを吝嗇のようにいうとは何事じゃ。おまえたちのような不埒なおなごを、一日たりとも大奥に置いておくわけにはいかぬ」

青くなった奥女中たちは平身低頭し、懸命に詫びたが、天英院は断じて許さず、即日、宿さがりを言い渡した。

奥女中の親は仰天し、知り合いの旗本を通じて、なんとか許してもらえないかと頼みこんだが、天英院の気性を知っている旗本たちはとりあおうとしなかった。

このことは、たちまち町人たちのあいだに伝えられ、宿さがりを命じられた娘たちは笑いものになり、しばらくは表にも出られなくなってしまった。

それればかりか、縁談をもちかけられても断られるし、親の商売にも翳りが出て、店をたたむことになってしまった商人もいた。

もともと、日頃から、娘が大奥勤めに出ていることを鼻にかけていただけに、おおきなしっぺ返しを食らったのである。

それまで町人たちの多くは、京の公家の娘に生まれ、家宣の奥方になるため江戸に下向してきた天英院熙子を、好ましく思ってはいなかった。

しかし、天英院が率先して大奥の改革を断行してからは一変して、口々に賞賛するようになった。

また、幕閣の老中たちも東下りしてきた公家の娘と白眼視していたが、以来、大奥の悪口をいう者はいなくなった。

しかも、大奥に品物を納めている商人たちも、下手（へた）に高値で納品すると出入り禁止にされるかも知れないと恐れるようになった。

この天英院の質素倹約令は、大奥のすみずみまでゆきわたり、このため大奥の経費節減は一年で数万両にもなった。

吉宗はこの天英院を大奥の鑑（かがみ）として、終生、敬慕してやまなかった。

五

いっぽう、幕府財政の再建にとりかかった吉宗は、まず、側用人という役職を廃止してしまった。

側用人は日々、将軍の身近に仕えているため、大名や役人も側用人に袖の下を贈り、役職の口添えを頼む風習があった。

側用人を一年でも務めれば、一生、安楽に過ごす大金を残すことができる、おいしい役職だった。

いわば、側用人というのは金の成る木のような役職だったのである。

そのため、側用人は賄賂の象徴ともいえる役職だったが、吉宗は側用人廃止令を財政再建の手始めにしたのである。

ついで、吉宗は新田の開発にちからを注いだ。

米の増産が、幕府財政立て直しの根源だと吉宗は確信していた。

天下泰平になるにつれ、商人が台頭し、だれもが金儲けに血眼になっていたが、武士たちは米が命綱だった。

また、百姓たちは年貢の引き上げと天災や飢饉でどん底に追い込まれていた。

幕府財政の基盤は米にある、その米の増産は新田をふやすしかなかった。

また、その一方で、吉宗は酒造り、薬草、胡麻、薩摩芋、里芋、櫨蠟、朝鮮人参、砂糖黍などの生産を奨励した。

とりわけ荒れ地でも、天候不順でも、収穫をもたらす薩摩芋は、飢饉のときの代用食になるし、焼酎の原料にもなる。

また薬草や、朝鮮人参、砂糖は病人の救いにもなるし、胡麻や櫨蠟の生産がふえれば百姓の稼ぎもふえる。

天下泰平の世となるにつれ、物品を右から左に動かすだけの商人が利益をむさぼり、直参旗本は懐手をしたままで、百姓からしぼることしか考えなくなる。

吉宗は日々、田畑を耕し、山の木を守りつづける百姓や樵や、黒潮の渦巻く海に舟を漕ぎだし魚を捕る漁師たちこそが、幕府財政の基盤だと確信していた。

それは、幼いころから紀州の山で獣を狩り、川や海に小舟を漕ぎだし、魚を捕って毎日を過ごしていた吉宗が、みずから肌身で感じていたことだった。

紀州は平野がすくなく、山肌を耕して田畑にして米や野菜を育てたり、紀の川や、荒海に舟を漕ぎだし、魚を捕る漁師たちでささえられていた。

藩士も寸暇を惜しんで庭を耕し、麦や芋を作り、山にはいって薬草や櫨蠟を採り、焼酎を飲んで憂さを晴らす。

吉宗の改革は武士のありようを、根底から覆そうとするものだった。

これらの吉宗の経済政策を、ゆるぎなくささえつづけたのは紀州藩士たちであった。

これまで、直参旗本が幕府の要職をしめていたが、吉宗は御用取次、御側衆、小姓衆、小納戸頭取、小納戸衆などの将軍を支える側近の役職を、すべて紀州藩士で固めた。

江戸かぶれして、長いあいだ奢侈に溺れていた三河譜代の直参旗本たちを、吉宗は一切信用しなかった。

やがて、幕府の米蔵には毎年三万五千石の米が蓄えられ、金蔵も約十二万七千両の黒字となり、さらに、百万両を超える蓄えができるまでになった。

また、吉宗はのちに次男の宗武に田安家を名乗らせ始祖とし、四男の宗伊を始祖とする一橋家を興した。

そして、将軍家に世継ぎがないときは田安家か、一橋家から後継者をだすという定めまでつくったのである。

以来、幕末まで将軍位は、連綿と吉宗の血筋で固められる下地をつくった。

水戸家は副将軍とはいうものの、お飾りのようなものでしかなくなった。

――侍まつる　天下は終に紀伊の国

尾張の首尾は水戸もないこと

——水戸はなし　尾張大根　葉はしなび
　紀の国みかん鈴なりぞする
こんな落首が江戸市中の、いたるところに貼りだされた。
この落首は、紀州藩主だった吉宗が、幕府を完全に掌握したことを、江戸市民が肌身で感じとっていた証(あか)しでもある。
吉宗は足もおおきく、並の草鞋(わらじ)では足にあわなかった。
そのため、紀伊の山野を駆け巡るときは特別におおきな草鞋をあつらえて、編ませたことから、おおわらじの殿と陰では呼ばれていた。

第五章　厄介な依頼者

一

雄の蛍が番う相手の雌をもとめて、夕闇のなかに淡い尾灯を点滅させながら、ふわりふわりとさまよっている。

蛍の命は短く、一生の大半を水のなかで過ごし、土のしたにもぐって蛹になり、羽化して成虫になってからは、雌雄が番いおわると雄は間もなく死んでしまい、雌は産卵をおえてから死ぬという。

それにひきかえ、人という生き物は何十年もの長いあいだ男も女も交わりつづける。

——しぶといというか、しつこいというか、強欲な生き物だとつくづく思う。

神谷平蔵は浴衣姿のままで、縁側にあぐらをかいて、団扇を使いながら湯あがりの火照った肌を冷ましていた。

台所で洗い物をしていた由紀が、冷えた麦湯を湯飲みについで、平蔵のかたわらに寄り添ってきた。

「今日はおつかれになりましたでしょう」

「うむ……長雨のあとに、こう日照りがつづくと、だれでも躰が弱るからな。あちこちで病人が出るのも仕方がなかろう」

今年は梅雨明けから、一気に陽射しが強くなったせいか、体調をくずした患者が多い。

ふだんは閑古鳥が鳴いているような平蔵の診療所も、朝から患者の絶え間がなかった。

おおかたは風邪か、腹病みの患者で、おまけに晦日払いのツケがほとんどだった。

「ま、忙しいわりには実入りはたいしたことがなかったがな」

「もう、そのようなことを……」

由紀はくすっと忍び笑いをもらし、平蔵の肩にそっと頬をあずけた。

由紀は近くの田原町三丁目の角で［おかめ湯］という老舗の湯屋を営んでいる。

父親は西国高槻藩の藩士だったが、藩内の抗争に巻き込まれて浪人し、妻と娘の由紀の三人で浅草三間町の長屋に住んでいた。

母は由紀が十四のとき亡くなったが、由紀は年頃になっても、化粧ひとつせず、一人で髪を結い、家事万端をまめまめしくこなし、船宿の帳場ではたらいている父との二人暮らしをささえていた。

年頃になると、由紀はめきめきと女らしくなり、長屋の江戸小町と評判になった。

十八になったとき、「おかめ湯」の主人に見そめられ、嫁にほしいと望まれた。「おかめ湯」は四代もつづいている老舗で、主人は七つ年上だが人柄が優しかった。父は主人を気にいったらしいが、由紀は父を一人残して嫁ぐ気にはなれないと断った。

しかし、その父が半年後に病死し、一人になった由紀はようやく「おかめ湯」に婚する気になった。

ところが、ようやく人並みの女のしあわせを得たと思ったのも束の間、嫁いだ翌年の冬、夫は風邪をこじらせ、呆気なく亡くなってしまったのである。

とはいえ「おかめ湯」には多くの常連客がいるし、数多の奉公人がいる。

亡夫の親戚からは婿取りの話がいくつも持ち込まれたが、由紀は耳を貸さず、一人で「おかめ湯」を営んでいくことにしたのである。

番台は由紀と伯母の松江の二人が交代で座ることになっていた。

由紀が平蔵のもとに来ているときは松江が「おかめ湯」を仕切ってくれている。

平蔵の治療を受けているうち、男と女の仲になったものの、由紀には「おかめ湯」の女将として奉公人の暮らしを守る責任があるし、平蔵には町医者という仕事がある。

しかも、平蔵は剣士として、これまで数多の敵と刃をまじえ、多くの命を葬ってきた。

人を斃せば、それだけ恨みも買うし、敵もふえる。

いつ、命がけの勝負を挑まれるかもわからぬ身である。

平蔵が生涯を平穏無事に過ごせぬ身であることは、由紀にもよくわかっていた。

そもそも平蔵は子供のころから糸の切れた凧のように吹く風まかせの男である。

——一期一会……。

だれでも、一寸先はわからないものだと平蔵は思っている。

由紀も、また、波乱のなかをくぐりぬけてきた女だけに、たしかな明日などというものは、世の中にないと思っている。

どこか、平蔵と相通じるものがあった。

「おかめ湯」には、平蔵がふとしたことで引き取る羽目になった太一という子が預けてある。

太一の母は夜鷹をしていたが、霧雨に煙る夜、両国橋の袂で、傘もささずに客を探していたのを見て、哀れに思った平蔵が、借りてきた女物の塗り傘をやって、ついでに夜鳴き蕎麦を食べさせてやった。

それが、よほどうれしかったのか、その夜鷹は律儀に傘を返そうとして、御蔵河岸のそばをうろついていたところを、盗賊の一味に斬殺されたのである。

その夜鷹の子が太一だった。

孤児になった太一を引き取ったものの、幼い子供を育てるのは平蔵の手にあまる。

それを、見るに見かねた由紀が「おかめ湯」に引き取ってくれたのである。

いまや、太一は平蔵をちゃんと呼び、由紀をおっかあと呼んでいる。

太一は「おかめ湯」の子として、近くの手習い塾に通い、餓鬼大将になっている。

　また太一は、碑文谷に住む平蔵の師匠である鐘捲流の達人、佐治一竿斎をおじいちゃんと呼んでなついている。

　一竿斎の口癖によると「人はだれしも生涯未熟者。……未熟ゆえ、道に迷い、あたふたする。だからこそ愛おしい。死ぬるまで迷うて、迷うて迷いぬく生き物」だという。

　室町時代のころ編まれた閑吟集という古歌のなかに「何しょうぞ　くすんで一期は夢よ　ただ狂え」という一首がある。

　平蔵などは餓鬼のころから、狂いっぱなしで、いまだに迷いつづけている。

二

　平蔵は母の乳を知らずに育った。

　どうにも手のつけられないやんちゃ坊主だった平蔵は、悪さをするたびにきまって、屋敷の土蔵にとじこめられた。

　陽射しや湿気がはいらぬよう、土蔵の窓はちいさく、鉄格子がはめられていて、深い出庇が陽光を遮断している。

お仕置きに土蔵に監禁された平蔵は、蔵のなかの戸棚から十二枚の枕絵を見つけた。

枕絵というのは男女の交合するさまをあからさまに描いたものである。

描かれている男は烏帽子(えぼし)をかぶった平安時代の公家や、墨染めの衣をつけた僧侶だったりさまざまだったが、いずれも相手は十二単衣(ひとえ)を身にまとった貴族の女のようだった。

女は豊頬(ほうきょう)で乳房も臀(しり)もたっぷりと肉づきよく描かれていた。

まだ十五になったばかりの平蔵は枕絵を眺めて、おとなになるとこんなことをするのかと驚愕(きょうがく)した。

矢も盾(たて)もたまらず、竹馬の友の矢部伝八郎を誘って、花街で筆おろしをしたものだった。

そんな平蔵がはじめて娼婦でない女体を知ったのも、その土蔵の中である。

ある日、お仕置きのため土蔵に閉じ込められて、差し入れの結び飯にかぶりついている平蔵を見ていたお久(ひさ)という女中が、哀れに思ってか両腕で平蔵を抱きしめてくれた。

お久の、おおきな乳房の谷間に顔をうずめこんだ平蔵は、おなごの乳房というものが、男にとってはたとえようのない、安らぎをあたえてくれるものであることを、初めて知ったのである。

平蔵に男女のまじわりの本当のよさを手ほどきしてくれたのも、お久だった。

お久は間もなく屋敷を出て、嫁入りしたが、一度、熟(う)れた女体の蠱惑(こわく)を知った平蔵は、それからは銭金で肌身をひさぐ娼婦を相手にするのが空しくなった。


由紀の乳房は、お久ほどおおきくはないが、つかみしめると指をはじきかえしてくるほど弾力がある。

乳房を愛撫していると、茱萸(ぐみ)の実のような乳首が固くしこって粒(つぶ)だってきた。

その粒だっている乳首を指先でつまむと、由紀はかすかに声をもらして身をよじって素足をからめてくる。

肌襦袢(はだジュバン)はとうにはだけてしまい、赤い湯文字(ゆもじ)がめくれあがり、くの字に折れた太腿が闇のなかで泳いだ。

夜着はあられもなく外に蹴りだされ、闇のなかに白く艶(つや)やかな裸身がのびやかに仰臥(ぎょうが)している。

こんもりとふくらんだ双の乳房から腹にかけての曲線はなめらかで、淡い草むらを包みこむように、しなやかにのびた太腿は脂がのって蠱惑にみちている。

由紀の内腿はやわらかで、練り絹のようになめらかだが、足腰はたくましく、平蔵の愛撫にこたえて鞭のように全身を撓わせる。

亡くなった亭主は、さぞ心残りだったにちがいない。

由紀は、今まさに女の盛り。

由紀がせりあがるようにして、平蔵の口を吸いつけてきた。

平蔵は腕をのばし、みっしりと厚みのある腿の奥をさぐった。

由紀の内腿は、掌でなぞると指に吸いついてくるようだった。

ほの暗い股間のくさむらは柔らかで、狭間は火のように熱い泉でうるおっていた。

夜風が肌に涼しくそよぐなか、平蔵は熱を帯びた白い裸身に、ゆっくりと身をうずめこんでいった。

月の光がやわらかにさしこんでくるなかで、平蔵は鞭のようによく撓う由紀の女体を抱きしめた。

床の下で、カマドコオロギのすだく声がすずしげに聞こえてきた。

三

その翌朝。

まだ夜があけきらないうちに、平蔵は由紀とふたりで、深夜に産気づいた田原町の妊婦のもとに駆けつけた。

浅草寺の近くで［雷豆腐］を商っている店の女房で、おたねという二十三になる初産の女だった。

二人が駆けつけてみると、早くも近所の女たちが、竈に薪をほうりこんで火を焚きつけ、産湯の支度にかかってくれていた。

おたねは細腰で、産道も細く、難産になりそうだった。

由紀も出産の経験がないから、汗だくになって妊婦を励ますものの、おたねが必死に力んでも赤子の頭が出てこない。

おたねが梁にかけた力み綱にしがみついて、懸命に踏ん張っているうち、明け方の七つ（午前四時）ごろになって、ようやく赤子の頭が見えてきた。

「ようし、いいぞ。もう一息だ」

「ううっ！」

おたねが、力み綱を頼りに、ううむと腹にちからをいれて、精一杯に唸り声をふりしぼったとき、赤子の頭がぽこりとおたねの股ぐらから見えてきた。

「ン、ぎゃあ！　ン、ぎゃあ！」

やがて、元気のいい産声をあげて生まれてきた赤子を見て、平蔵と由紀は思わず顔を見合わせ、安堵の吐息をついた。

由紀が両手に赤子を抱きあげ、産湯を使わせると、赤子は火のついたように勢いよく泣き声をあげた。

股間にはちいさいが、りっぱなおちんちんがついている。

「おたねさん、これで［雷豆腐］のちゃんとした跡継ぎができたわよ」

由紀が声をかけると、おたねはぐったりしながらも、うれしそうに微笑んだ。

おたねの夫の政吉は初子だけに、寝ずに待ちつづけていたが、大喜びして祝杯の支度をした。

まだ、未明の七つだというのに祝いの酒を出され、平蔵も相伴した。

この店の売りものである［雷豆腐］は、掌でざっくり砕いた豆腐を胡麻油で炒りつけて、醤油をさし、葱の白根をざく切りにして入れてあるので、酒の肴にも乙（おつ）な品である。

また、さらに大根おろしや、わさび、すり山椒（ざんしょう）をいれると、いっそううまくなる。

ほろ酔い機嫌になり、二人で政吉の店をあとにした。

由紀は間もなく、朝風呂の支度にかかる時刻だというので、田原町の角で別れて、平蔵はひとりで帰宅した。

まだ、夏になったばかりで、朝晩は冷えるが、すがすがしい気分だった。

ひと眠りしてから、赤子のようすを見にいったが、母子ともに変わりなく元気なようすで安心した。

名付け親になってくれと頼まれたので、父親の政吉にちなんで政太（まさた）とつけてやった。

家に戻った平蔵はふたたび小半刻（三十分）ほど眠ったが、熟睡する間もなく、患者がたてつづけにやってきた。

その日は患者が五人もやってきたものの、きちんと診察代と薬代を払って帰ったのは二人だけで、あとの三人は晦日払いのツケにされてしまった。

また、そのツケも、晦日が大晦日に化けかねない恐れが多分にある。

ま、昨日、由紀が炊いてくれた残り飯があるし、味噌汁も残っているから、おじやにでもして沢庵を菜に昼飯にするかと、みみっちい腹づもりをしていると、玄関の引き戸がガラリとあく音がした。

——お、患者かな……。

平蔵、勢いよく腰をあげかけると、訪いを告げる嗄れ声がした。

「御免。神谷平蔵どのは御在宅かな……」

その野太い声には聞き覚えがある。

玄関に出てみると、戸口に肩幅のがっちりした羽織袴の侍が鉈豆煙管をくわえて、ぷかりぷかりと紫煙をくゆらせていた。

「おお……やはり、味村どのでしたか」

味村武兵衛は小身ながら、公儀の徒目付を務めている。

徒目付は目付の配下で、幕府の御家人や役人の理非曲直をただすのが役目で、御家人や役人にとっては鬼よりも怖い存在である。

四

「いやはや、突然にお伺いしてもうしわけもござらん。ま、ま、お変わりもないようで何よりでござる」

味村武兵衛は鉈豆煙管を小手にポンとたたきつけ、吸い殻を雪駄の裏で踏みつぶすと、丁重に腰を折って辞儀をした。

味村武兵衛は背丈は平蔵よりも低いものの、がっしりした肩幅をしている。

おまけに将棋の駒のような角顔に獅子っ鼻がどっかとあぐらをかいている。

その獅子っ鼻の黒子には提灯鮟鱇のような髭が一本生えている。

太い毛虫眉毛の下にどんぐり眼という異相の男だが、心形刀流の遣い手で、乱戦になると無類の鋭い太刀捌きをみせてくれる。

味村武兵衛は、まだ紀州藩主だった吉宗が、伊皿子坂で刺客に襲われたとき、平蔵とともに吉宗を守りぬいたことがある旧知の仲でもある。

「ところで、ご妻女はお留守ですかな」

味村武兵衛は手土産らしい菓子折りを差し出しながら、台所の土間に目をやった。

「ははは、いや、なになに、相変わらず無妻の独り身でござるよ」

「ほう、それはなんとも羨ましい。それがしの妻はやたらポコポコとややこをひりだしおって、弱っておりもうす」

髭面の顎を撫でて、苦笑いした。

「しかも、それがまた、それがしによう似た娘ばかりでしてな」

「ほう、しかし娘御は、どこの家でも男親には優しいともうしますぞ」

「なんのなんの、ちいさいころはともかく、十四、五にもなると、女房の肩ばかり持つようになって、箸にも棒にもかかりませぬ」

味村武兵衛は口をひんまげて吐き捨てた。

「しかも、なんせ、口うるさくて、始末におえませぬ。早いところ嫁にだしたいと、あちこちに声をかけてみましたが、嫁の貰い手もおいそれとはござらん」

「ははぁ、それは、また……」

味村は太い溜息をもらした。

「いやもう、狭い組長屋に嵩高いおなごばかりがひしめきあっておりましてな。それがしの寝場所にもことかくありさまでござる」

提灯鮟鱇の味村にそっくりの娘といわれると、とんと想像もつかないが、なにしろ、子供はむろんのこと、妻さえもいない平蔵には、なんとも返答のしようがなかった。

「娘御は何人おられるのかな」

「さよう、十五をかしらに年子がひとり、まだ、その下に乳飲み子がおりましてな。さらに腹のなかに一人……これもおなごとなると、もはや、お手上げでござるよ」

「ほほう……」

これには平蔵も同情するより、唖然とするほかはない。

それにしても、この無骨そのものに見える味村武兵衛が、たとえ娘ばかりとはいえ、組長屋にひしめきあうほど、つぎつぎと御妻女の腹に赤子を仕込んだものだと感服した。

まぁ、味村がマメということもあるだろうが、妻女もよほど多産の質なのだろう。

うかうかしていると味村武兵衛から、娘の嫁入り先を「ひとつ、探してもらえまいか」と頼まれかねない。

「なにはともあれ、ま、あがられよ」

五

挨拶もそこそこに、平蔵はついさっきまで寝そべっていた、裏庭に面した八畳の客間に味村武兵衛を案内した。

　この客間からは、目の前に浅草寺の大屋根が聳えているのが見える。

「ううむ、東に浅草寺、南には東本願寺、しかも、すぐそばに江戸屈指の繁華街があるとなれば、買い物や散歩にもことかかぬ。なんとも優雅なお住まいではござらぬか」

「なんの、このあたりは寺町だけに雀や鳩がうるさく、おまけに蚊や蠅が多いうえ、朝夕、あちこちで時の鐘が鳴るわ、線香の匂いはするわで、とても優雅どころか、おちおち昼寝もできませんぞ」

「いやいや、なんの、手前どもの組長屋にくらべれば天国のようなものじゃ」

　徒目付をはじめ、幕府の小役人たちの組長屋は番町に軒を連ね、ひしめきあっている。

寝ても起きても、仲間同士が年中、顔をつきあわせているのは、さぞかし窮屈な日常で、うんざりするだろうなと、およその察しはつく。

味村武兵衛が羨望の溜息をもらしたとき、由紀が下駄をつっかけてやってきた。

「あら、ま、お客さまがおいでしたか」

由紀が三つ指ついて、丁重に挨拶をすると、味村武兵衛は、まるで鳩が豆鉄砲をくらったように目をしばたたいた。

「お、おお……これは、また、突然にお邪魔してもうしわけござらん」

味村武兵衛はまぶしそうな目で、無骨に辞儀を返したが、由紀が台所にさがり、洗い物にかかると、ふと声をひそめて尋ねた。

「はて、あのおひとは神谷どのの御妻女ではござらんのか……」

「いや、なに、あのおなごは近くの湯屋の女将でお由紀ともうすおなごでしてな。子もいない身軽ゆえ、ちょくちょく手前の世話をやきにきてくれておるだけで……つまり、その、てまえの、ナニでござるよ」

平蔵は不得要領にごまかして、照れ隠しにツルリと顎を撫でた。

「ははぁ……」

さすがは、下情に長けた徒目付だけに察しよく、にんまりとうなずいてみせた。

「ほほう……なるほど、かねてより神谷どのは艶福の御仁と聞いてござったが、あのような美人とご親密とは、いや、なんとも、羨ましいかぎりじゃ」

「いやいや、それがしのように明日をも知れぬ男は妻など持てるわけもござらぬゆえ、独り身で過ごしております……」

平蔵は苦笑いして、ひらひらと掌を横にふると、味村の勘違いを打ち消した。

「ほほう……とはもうせ、まさか、だれぞの御妻女ではござるまいな」

「さよう、もう、とうに亭主とは死に別れた寡婦ですが、ときおり、ああしてきてくれております」

「ふうむ。ならば、いっそのこと神谷どのが娶られたらよろしかろう」

味村は首をかしげて、声をひそめた。

「あれほどの美人を独り身にしておかれては、そのうち鳶になんとやらで、だれぞに攫われてしまいますぞ」

「ははは、そのときは、そのときでござる。所詮、男とおなごは俗にも貝とおなじく、合わせもの、はずれものですからな」

「なんの、あの、おひとなら、その心配はござるまい……」

味村武兵衛はよほど由紀が気にいったらしく、独り合点しておおきくうなずいた。

　間もなく、由紀は洗い物をおえ、味村に会釈（えしやく）すると、また台所にひっこんだ。

「ううむ。まことに挙措（きよそ）もよし、見目もうしぶんござらぬ。是非とも、ご妻女に娶られたがよろしかろう」

　平蔵は苦笑いして、味村を直視した。

「ま、それはさておき、味村どの。御用繁多（はんた）なそこもとが、わざわざ浅草のはずれまで足を運んでこられたのは、何か差し迫った用向きがあってのことでござろうな」

「いや、格別、差し迫ったというわけでもござらぬが……」

　味村は口を濁したが、やがて、ひたと平蔵を見返し、膝をおしすすめた。

「たしか、神谷どのは市ケ谷（いちがや）御門前から西北に向かう、左内坂（さないざか）という急坂をご存じのはずだが……」

　声をひそめて、問いかけてきた。

六

「市ヶ谷の、左内坂……」

「さよう。尾州家の広大な上屋敷の北側に沿って、旗本屋敷が林立する通りからお濠端(ほりばた)に出る坂道じゃが……」

「ああ、あの坂ですか……」

平蔵、ぽんと膝をたたいて、ふかぶかとうなずいた。

「あそこは、数年ほど前、諸岡湛庵と名乗る男が［算用指南］などという怪しげな看板を掲げていたところでしょう」

「それよ、それ、その諸岡湛庵でござる」

味村武兵衛は膝をおしすすめた。

「あの男が、また、江戸に舞い戻ってまいりましてな」

「ほう。……あやつは、たしか、見目よいおなごを飼い馴(な)らしては、あちこちの役向きに献上し、うまい汁を吸っていた抜け目のない策士だったと覚えているが、あの男が、またぞろ、江戸に……」

平蔵は思わず眉をひそめた。

「さよう……」

味村武兵衛は太い毛虫眉毛をしかめて、舌打ちした。

「しかも、こたびは辺見五郎左衛門とやらもうす尾張柳生流の遣い手と、井戸木甚助という剣士を従えて、尾州から江戸にまいったげにござる」

味村武兵衛は眉根を曇らせた。

「ことに井戸木甚助なる男は尾張六十万石の藩士のなかでも、右に出る者はいない疋田陰流の遣い手だと聞いておりもうす」

「ほう、疋田陰流ですか……」

疋田陰流の開祖は疋田豊五郎（ぶんごろう）といって、加賀国石川郡（かがのくにいしかわごおり）に生まれ、奈良（なら）の宝蔵院（ほうぞういん）において柳生但馬守宗厳（たじまのかみむねよし）と立ち合い、完敗させたと伝えられている。

疋田豊五郎は関白秀次（かんぱくひでつぐ）から富田流（とだりゅう）の名手といわれた長谷川宗喜（はせがわむねのぶ）との立ち合いを所望されたが、一流の遣い手同士が戦えば一方が必ず傷つく、剣法は遊戯ではないと言上し、拒否したという。

剣を見世物にはしたくないという豊五郎の見識が、関白にさえも逆らわせたのだ。

平蔵も疋田陰流の剣士と刃を交えたことはなかった。

また、尾張柳生流の始祖の兵庫助利厳は、加藤清正に懇望され仕官し、その後、元和元年（一六一五）に三十七歳で尾張大納言義直の兵法指南となったと伝えられ、［新陰流兵法目録］［新陰流斬合口伝書］の極意書二巻を義直に授けたという。

「ふうむ。しかし、あの策士の湛庵が、そのような腕ききの剣客をともなって、いったい何をやらかそうというのか……」

平蔵は腕を組んでつぶやくようにいった。

「いまや、天下人は吉宗さまで小ゆるぎもせぬ盤石のはずでござろう。吉宗さまを目の敵にしていた新井白石先生や、側用人の間部詮房どのも、すでに幕閣からしりぞかれておりますぞ」

平蔵は小首をかしげて、味村武兵衛を見やった。

「いったい、あやつが何を企んでいるのか、とんと、見当もつきませんな」

「いやいや、さにあらず。きゃつめのうしろには、御三家筆頭の尾張六十万石が糸をひいておりもうす」

「うむ……」

平蔵は眉をひそめた。

「つまり、またぞろ、厄介のタネは尾張藩ということですか……」

「さよう。神谷どのも、ご承知のこととは存じますが、先年、六代さま（家宣）が身罷られたときとおなじく、七代さま（家継）が病床につかれたときも、後見人の吉宗さまよりも、尾張の継友公を上様にと後押しする御方が多々ござったようです」

「ああ、そのいきさつなら、それがしも兄から耳にしたことがあります」

平蔵はホロ苦い目になった。

「なんでも、上様の御生母であられる浄円院さまは、和歌山城で湯殿係の女中をなされていたそうですな……」

「さよう……」

味村武兵衛もふかぶかとうなずいた。

「そのせいでもありますまいが、幕閣でも継友派が大半を占めていたと聞き及んでおりもうす」

「ま、たしかに尾張家は禄高からいえば御三家の筆頭ゆえ、格からすれば尾張の継友さまをという声が出るのも、ま、当然といえば、当然のことかも知れぬが……」

「いかにも……」

味村武兵衛は鉈豆煙管を取り出すと、煙草（タバコ）をつめながら渋い目になって、裏庭に若葉を茂らせているサツキの植え込みを見やった。

七

「しかし、味村どの。……もはや、吉宗さまは帝（みかど）の宣旨（せんじ）も受けられておられますぞ。いまさら、諸岡湛庵ごときが何を企んでもはじまらんでしょう」

茶をすすりながら、平蔵は眉根を寄せた。

「それとも、ほかに、なんぞ気がかりなことでも……」

「さよう……」

味村武兵衛も平蔵に目を向けてうなずいた。

「たしかに、いまのところ、天下は小ゆるぎもしておりませぬが、ただ一点、今の上様の御世継ぎである長福丸（ながとみまる）（家重）さまは、幼いうえに虚弱の質で、いつ、はかなくなるやも知れぬ。そのあたりが尾張のつけいる味噌にござろう」

「なんの、そのようなこと……」

平蔵はにべもなく一蹴した。

「大奥には若いおなごがわんさとひしめいておりましょう。そのなかから、見目よく、気立てのよい健やかなおなごを何人かえらんで、吉宗さまが可愛がっておやりになれば、赤子なんぞ、いくらでもできるにきまっておる。心配など、ご無用……」

平蔵は一笑したが、

「い、いや……」

味村武兵衛は無骨な掌を、団扇のようにひらひらと横にふって反論した。

「そうはもうされるが、なにせ、ややこは天の授かりものですぞ」

「………」

「それゆえ、尾張家付家老の成瀬隼人正どのも、そのあたりのことで、老中方に苦言を呈しておるようです」

付家老とは幕府が水戸、尾張、紀州の御三家に差し向けた御目付役のようなものだが、逆に付家老のほうから、藩としての不満を幕府にぶつけてくることもあった。

それだけの権限をもっているからこそ、御三家としても付家老を重用していた。

「ふうむ、つまり、上様の跡目をゆるぎないものにしろということか」

「さよう。手前どものような軽輩とはちがい。上つ方は跡目相続というのが、なによりの大事でござるゆえな」

「ちっ！　またぞろ、跡目相続ですか……」

平蔵は苦虫を嚙みつぶした。

「おれは昔から武家の跡目争いというやつはどうにも性にあわん」

かつて、平蔵は磐根藩の跡目相続の渦中に巻き込まれて苦い思いをしたことがある。

そのころ、平蔵と同じ長屋に住んでいた伊助というやんちゃ坊主が、磐根藩の藩主が下女の一人に手をつけて産ませた落とし胤だとわかった。

そのため、磐根藩が二つにわかれての内紛になり、平蔵までが騒動に巻き込まれてしまったのである。

とどのつまりは、伊助が磐根藩主に収まって、一件は落着したものの、もとはといえば藩主が見境もなく、見目よい女に惑わされたあげくの尻ぬぐいである。

今度はどうやら、逆に、その種付けがはかばかしくないというので、もめているらしい。

落とし胤ができたらできたで、悶着の種になるかと思えば、また、種付けがはかばかしくないとなると、また因縁をつける。

なんとも始末に悪いものだと、平蔵は馬鹿馬鹿しくなった。

「ともあれ、すでに吉宗公はおしもおされもせぬ征夷大将軍ではござらぬか」

平蔵はこともなげにはねつけた。

「尾張藩が何を画策しておるのかわからんが、そんな、負け犬の遠吠えのようなものは気にせず、うっちゃっておかれればよかろう」

「う、ううむ……」

「種付けなどというのは足腰のしっかりした若いおなごを吉宗さまにあてがえさえすれば、もっと強健な世継ぎなどいくらでもできましょう」

「…………」

「しかも、吉宗さまは、すでに長福丸さまを産ませておられるゆえ、まるきりの種なしじゃないはずだ。大奥の若い女中を片端からあてがって、せっせと、夜なべに励んでもらえばよいではござらぬか……」

平蔵、いささか、うんざりしてきた。

「この近くの長屋には、ぽこぽこ、ややこを産みそうな娘がわんさとおりますぞ。

なんなら、それがしが、吉宗さま好みの若い元気のいいおなごを見つくろって、吉宗さまにご披露いたしましょうか」

「いやはや、これは……」

なんとも、乱暴な平蔵の放言に味村武兵衛は辟易したらしい。

そこに由紀が、近くで買いもとめてあったらしい浅草名物の串団子を皿にのせ、茶うけにもってきた。

「おお、これは恐れ入る」

味村は途端にえびす顔になると、串団子に手をのばしながら、由紀を見やり、らしからぬ世辞を口にした。

「いやはや、このような美人に日々かしずかれて、神谷どのはなんとも果報なおひとでござるな」

「ま、おそれいります」

由紀はくすっと忍び笑いして、早々に台所にひきさがっていった。

八

「ところで、あの諸岡湛庵は、何を企もうとしてまた江戸にあらわれたのか、味村どのはご存じなのであろう」

「おお、そのこと、そのこと……」

味村は膝をおしすすめると、台所のほうを見やり、声をひそめた。

「どうやら、あの男、こたびは上様の……」

いいさして、味村武兵衛は人差し指を茶碗にいれて指先を濡らすと、畳に［命］と一文字記した。

「ううむ……」

平蔵、思わず息をつめて、まじまじと味村武兵衛を見返した。

「まさか……」

そのとき、由紀が台所から声をかけた。

「あの、ちょっとそこまで買い物にいってまいりますので……」

「おお、わかった。ゆっくりでいいぞ」

「はい。もうしわけございませぬ」

下駄をつっかけて由紀が出ていくのを見送り、味村武兵衛は「ふうっ……」と太い吐息をもらした。

「なに、あの由紀のことなら、心配は御無用……気遣いはなされるな」

平蔵は片手を横にふって、うなずいた。

「ならば、諸岡湛庵が吉宗さまの御命を……」

味村武兵衛もゆっくりとうなずいた。

「しかし、もし、それがまことなら、言語道断、なにゆえ、そのような無謀なことを……。いったい、きゃつは、そもそも、なんのために、そのような……」

味村は太い吐息をもらし、口をぎゅっと引き結んだ。

「いかにも……無謀といえば、無謀。なれど、もしも、上様に万一のことがあれば、長福丸さまが幼い以上、権現さまの御宣旨にもあるとおり、天下人の座は尾張大納言にまわってくるのは必定……」

「ははぁ、それで、諸岡湛庵の今度の狙いは上様ということになるのか……」

「さよう……しかし、このことはおそらく、尾張家にかかわるだれかが、うしろで糸を引いておるにちがいござらぬ」

「ははぁ、諸岡湛庵めが、その使嗾者ということですか……」

「いかにも……」

味村は眉根をぎゅっと寄せてうなずくと、腕組みをした。

「ことに、近頃、江戸には金に飢えた浪人者がひしめいておりもうす。きゃつらは天下大乱も恐れぬやつらにござるゆえな」

「……」

「かの湛庵めは、そやつらに大金を餌に、上様の暗殺を企てておるようで……」

味村はふかぶかと溜息をもらした。

「それがしの配下が探ったところによりますと、湛庵めは、およそ三十余人の浪人者を刺客にかきあつめているようでござる」

「ほう……まさしく、狂い者だの」

平蔵、口をひんまげて吐き捨てた。

「さよう。狂い者はいつの世にもいるものでござる。ことに食いつめた浪人者などは、目の前に小判を見せられれば、斬りとり強盗も辞さぬ輩ゆえ、相手がだれであろうと、くらいついてまいりましょう」

「……」

「かと申して、このこと、おおやけには動くわけにもまいりませぬ。なにせ、きゃつの背後には、御三家筆頭たる尾張大納言さまが隠れておるやも知れませぬゆえ」

「うむ、尾張の継友公か……」

「いや、ハキとはもうせませぬが……」

味村武兵衛は、目を細めて平蔵を見やった。

「なんといっても、継友さまは、六代さまが身罷られたおりも、七代さまにという御声がかかったほどの、英邁な御方でござるゆえな……天下人の座を望まれても、なんの不思議もござらぬ」

「ふうむ……」

しかし、まさかに御三家筆頭ともあろう尾張大納言が、諸岡湛庵ごときの口車にのって、将軍暗殺などという暴挙を示唆するはずもないと思った。

「それは、おそらく諸岡湛庵が、おのれの野心のために勝手に企んだことでござろう」

「さよう。とはもうせ、千里の堤防も蟻の一穴からともうす。万が一ということもござるゆえ、ここで、なんとしても諸岡湛庵めの息の根を断ち切っておきたいものでござる」

「………」

「されば、上様とはご縁浅からぬ神谷どのに、今一度、是非とも御助力を賜りたいものでござる」

「ううむ……」

味村武兵衛は、獅子っ鼻を畳にこすりつけんばかりにして頭をさげると、懐中から袱紗に包んだ二十両の小判をつかみだし、平蔵の前におしやった。

九

浅草あたりの下町では、月に三両もあれば一家族が楽に暮らしていける。

小判一両は銭四貫文、四千文、米が八斗買える。二十両もあれば、たまに飲み屋で羽目をはずしても、まず、半年は銭の心配をしないですむ金額である。

「いやいや、このような気遣いはなさらずとも……」

「いや、これは、ほんの挨拶料でござるゆえ、遠慮なくお納めくだされ」

「ううむ……」

「こたびの相手は伊皿子坂のおりに討ちもらした諸岡湛庵めにござるぞ」

味村武兵衛はすくいあげるように、ひたと平蔵を直視した。

一見、無骨なように見えるが、御家人を監察する徒目付という役目柄だけあって、駆け引きにはなかなか長けている。

「…………」

平蔵、しばし沈思黙考した。

「とは申せ、諸岡湛庵は奸策に長けた策士。江戸に入府したとはいえ、容易なことでは姿をあらわしませんぞ。それに、きゃつがどこにおるやらもわからんでは、手の打ちようもござらん……」

「いやいや、探索はわれらの仕事でござるゆえ、手前どもにおまかせくだされ。きゃつめが、いずこに塒をかまえようとも突き止めてみせまする」

「ううむ……」

かつては、伊皿子坂で吉宗の危機を救った自分が、あらたな吉宗の危機を黙って見過ごすわけにもいかない。

しかも、かの諸岡湛庵がまたぞろ蠢きだしていると聞けばなおさらのことだ。

「また、この件は上様の御身にかかる大事ゆえ、神谷どののおひとりのみに、頼るわけにはまいりませぬ。かねてより、ご昵懇の矢部伝八郎どのと笹倉新八どののお手もお借りしたいと存ずるが、いかがでござろう」

「うむ。あの二人も誘えともうされるのか」

「いえ、神谷どのの御了承がいただければ、それがしが御両人のもとに参上し、是非にとお願いいたす所存にござる」

「ほう……」

「なにせ、矢部どの、笹倉どのは伊皿子坂のおりの御縁もござります。手前もよく存じあげておりますゆえ」

「ふうむ……たしかにな」

　吉宗が伊皿子坂で諸岡湛庵一味に襲撃された際、伝八郎、新八の二人もともに剣をふるった因縁がある。

「縁、か……」

「されば、矢部どのも、笹倉どのも、上様とは御縁がござるゆえ、かならずや御了承いただけるはずと確信しております る」

「うむ。たしかに、あの二人がくわわってくれれば心強いが」

「ただ、神谷どのは医師の仕事もござるうえに、御三家筆頭の尾張家とことをかまえることとなれば、公儀御目付を務められておられる、兄上の忠利さまへのご配慮もあろうかと存ずるが……」

「なんの、それがしは、もはや、とうに神谷の家を出た身にござるゆえ、そのことについてはなんの支障もござらん」

「ならば、なにとぞ御尽力いただきたい。このとおりにござる」

味村武兵衛が、さらに頭をさげた。

御尽力といわれても、そもそも平蔵が公儀に尽力する義理はない。

矢部伝八郎や笹倉新八とて、平蔵とおなじく公儀に肩入れする義理はないはずだ。

平蔵は、袱紗に包まれた二十両をホロ苦い目で見つめた。

第六章　雷鳴一閃

一

——その日の夕刻。

平蔵は竪川沿いにある、かねて馴染みの小料理屋［あかねや］で、六つ半（午後七時）ごろに矢部伝八郎、笹倉新八たちと落ち合う約束をしてあった。

すこし早めに出向いてきたつもりだが、矢部伝八郎は奥の小座敷で、すでに笹倉新八と飲んでいたらしく、折れ屏風の向こうから顔をのぞかせると、

「よう、神谷。ここだ。ここだ」

と上機嫌で手招きした。

女将のお美乃は土間の樽椅子に座った股引姿の大工らしい客の相手をしていたが、平蔵を見迎え、目で会釈をした。

平蔵は雪駄を脱いで小座敷にあがり、腰にしたソボロ助広をはずすと、壁の刀架けに置き、新八のかたわらにどっかとあぐらをかいた。

「いやぁ、またしても伊皿子坂の三人組が揃い踏みになったのう」

早くも酔眼の伝八郎は、かたわらで酌をしているおかよという酌婦の肩を抱きよせて上機嫌だった。

おかよは最近店に入った若い酌婦だが、乳や臀がはちきれそうにふくらんだ、男好きのする女である。このところ、伝八郎はすっかりご執心のようだ。

「なにせ、味村どのから頂いた前金でここのツケも綺麗にできたしな。当分は小遣いにも困らん。まさしく棚から牡丹餅じゃ」

――ちっ、なにも飲み屋で、味村どのの名まで出すことはなかろうが……。

しかも、この一件は将軍家と、尾張藩との内紛がからんでいる秘事でもある。

まさかに、そんなことまでは漏らしてはいないだろうが、前もって一本釘をさしておくべきだったかなと、平蔵は眉をひそめた。

「神谷さま、おひさしぶりですわね」

おかよは伝八郎の腕をさりげなくふりほどいて、愛想よく見迎えて酌をしてくれた。

かたわらから、笹倉新八が片目をつむって笑いかけてきた。

「ご覧のとおりで、こっちは刺身のツマみたいなものですよ」

早くも箱膳のうえには食いかけの刺身の皿や、煮物の小鉢が並んでいるし、伝八郎の顔は酒の酔いで、すでに赤らんでいる。

「おい、伝八郎。約束の時刻は、たしか六つ半のはずだったぞ」

「ま、ま、そう固いことをいうな。いうなれば、今夜は出陣の前祝いみたいなものよ」

「なにが出陣だ。たかが用心棒を引きうけただけのはなしだろうが」

平蔵は舌打ちして、伝八郎を睨（にら）みつけた。

「あら、今度はどこのお屋敷の用心棒をなさるんですか……」

おかよが身を乗り出してきたが、すぐに伝八郎が肩をつかんだ。

「きまっとろうが。おかよに悪い虫がつかんように、おれが用心棒になってやるのよ」

ぐいとおかよの手首をつかんで引き寄せ、うなじを口で吸いつけながら、ついでに掌（てのひら）で臀をつるりと撫（な）でた。

「ン、もう……」

おかよが口を尖らせて、ぴしゃりと伝八郎の手をぶったが、伝八郎は平気の平左で目を細め、おかよの身八つ口から手をさしいれて、ぬかりなく乳房を愛撫しにかかった。

おかよが身をよじってかわそうとしたが、そのうち、蛸のようにぐにゃりとなって、伝八郎の肩に頬をすりよせた。

笹倉新八が平蔵に片目をつむり、二人を見やってにんまりした。

「ふふ、なんのことはない。ふたりとも、どっこいどっこいの好きものなんですよ」

「まったくな……」

平蔵も苦笑するしかない。

「なんとも、やっかいな相棒だよ」

「いいじゃないですか。酔っ払うと、やたらと喧嘩腰になる男より始末がいい」

「まぁ、な……」

新八は三人のなかでは一番年が若いにもかかわらず、悟ったようなことをいう。

ともあれ、味村武兵衛から受けた依頼は、このところ吉宗公がときおりお忍びで、江戸市中を視察してまわるおり、平蔵、伝八郎、新八の三人で、身辺の陰守役をして欲しいということだった。

ただし、あくまでも目立たぬようにしてもらいたいと念をおされている。

もっとも、吉宗が市中に出向くのは公務の暇なときで、月に二、三度ぐらいのものだと聞いているが、だしぬけのことが多いので、いつ、呼び出しの声がかかるかわからない。

とはいえ、平蔵には町医者という仕事がある。張り付きの陰守役は、伝八郎と新八の二人にまかせることにしたいと思っている。

その打ち合わせもかねて、今日の夕刻、三人で「あかねや」で落ち合うことにしたのだ。

しかし、伝八郎のように、やれ出陣の前祝いだなどと、本所の飲み屋で気勢をあげられては陰守の意味がなくなる。

伝八郎は無類に気のいい男だし、ともに水火も辞さぬ男気もある。

また、剣の腕も滅多なことでひけはとらない男だが、その反面、やたらと口が軽いところと、とりわけ女には滅法弱い。

「神谷さま。ずいぶん、おひさしぶりですこと……」

先客を送りだしてきた女将のお美乃が、小座敷にあがってくるなり、平蔵のかたわらにひたと寄り添ってきた。

しなやかな指で銚子をとると、平蔵の盃に酒をつぎながら肩を寄せてきた。

「神谷さま。半年も鼬の道だなんてあんまりですわよ……」

三十路過ぎの年増女の、濃密な脂粉の香りを漂わせて、お美乃は平蔵にささやきかけた。

「半年ということはなかろう。たしか二月ほど前も来たはずだが……」

「いいえ、好いたおひととの二月は、おなごには半年よりも長いものですよ」

お美乃はぞくりとするような流し目をくれて、平蔵の太腿に手を這わせた。

「矢部さまにお聞きしましたけれど、まだ、おひとり身だそうですわね」

「ああ、おれのような風来坊の女房になろうという物好きなおなごはおらぬゆえな」

「ふふ、だめだめ……」

お美乃はぴしゃりと平蔵の太腿を手でひっぱたくと、怨じるような目をすくいあげた。

「そんなことおっしゃって、モテすぎて弱ってらっしゃるくせに……」

「ばかをいえ。おれは独り身だが、いたって品行方正の口だぞ」

「ま、ようも、そのようなしらじらしいことをおっしゃって……」

お美乃はぎゅっと平蔵の腿を抓りあげ、目をすくいあげて睨みつけると、頬を寄せて肩にこすりつけてきた。

「矢部さまにお聞きしましたわよ。田原町でも器量よしで評判の湯屋の女将さんが、通い妻のように神谷さまの面倒をみてくださっているそうですわね」

「ちっ、あいつめ……よけいなことを」

伝八郎を横目で睨みつけて舌打ちした。

「でも、そういう薄情なおひととわかっているのに、おなごはどうしてひかれるんですかしらねぇ……」

いまや年増盛りの、お美乃の熟れた女体の匂いが鼻孔を刺激し、白い掌がやんわりと腿を撫でてきた。

どうやら、長居は禁物のようだった。

二

ここに来る前は、雲間に星がまたたいていたが、いつの間にか西の空にもくもくと黒雲が湧きだしていた。

　どこか遠くで、五つ（午後八時）の時の鐘を打つ音が殷々と鳴り響いてきた。なかなか腰をあげそうにない伝八郎を「あかねや」に残し、平蔵は新八と肩を並べて、竪川沿いの道に出た。

　かつては、五つごろといえば人の往来も結構あったが、享保の改革以来、めっきりと夜遊びの人も減って、いまは野良犬の鳴き声すらしない。

「伝八郎は酒がはいると、途端にでれりぼうとなって始末におえんな……」

　平蔵は舌打ちして、溜息をついた。

「あのぶんだと、どうやら、今夜はおかよとふたりで、どこぞの出合い茶屋に沈没してしまいそうだな」

　新八は相槌をうって、くすっと笑った。

　平蔵は立ち止まると袴の裾をたくしあげ、一物をつかみ出して、道端の溝にむかって勢いよく放尿した。

　新八も誘われて足をとめて連れ小便をしながら、黒雲のひろがる夜空を見上げた。

「しかし、矢部さんはともかくとして、神谷さんは、だれ憚ることもない、歴とした独り身じゃないですか」

新八はくっと笑って、揶揄した。

「あの女将はなかなかの美形だし、しかも、神谷さんにぞっこんみたいだ。袖にするのはちょいと惜しいと思いますがねぇ」

「いやいや、あの女将は一度そうなったら、地獄の果てまでもついてくるような女だぞ。おれはそういう女は苦手だよ」

「ほう、苦手ですか」

「ああ、おれは、昔から、しつこいのは性にあわん。おこわより茶漬けの口だ」

おこわとは赤飯のことで、餅米に小豆をいれて蒸かしあげると、粒だった飯が御強草の穂に似ていることから「おこわ」と呼んで、めでたい日に食することが多い。

「へぇえ、あの女将は、おこわですか」

「いや、お美乃は、おこわというより鳥黐の口かも知れん。なんとも情が深そうな女のような気がする」

「ははぁ、下手をすれば心中もいとやせぬという口ですか」

「ああ、あの女将は深間になったら、駆け落ちでも心中でもしかねない女だよ」

「ほう、さすがは千軍万馬(せんぐんばんば)の神谷さんだ。女の場数を踏んできただけのことはある」

「ばかをいえ。おれは女に逃げられてばかりの男だよ。おれが追い出したり、逃げ出したりしたことなど一度もないぞ」

「じゃ、今度のお由紀さんとは共白髪(ともしらが)ってことですね」

「そいつはどうかな。おれが、そこまで生きられるとは思えんな」

「なぁに、神谷さんはしぶといから、なかなかくたばりませんよ」

「ちっ、よういうわ」

　平蔵は長小便のしずくを切ると、新八をかえりみて顎(あご)をしゃくった。

「ところで、笹倉どののところはどうなんだ。佳乃(よしの)さんとはうまくいってるんだろう」

「まぁ、ぼちぼちですよ。なにせ、佳乃はおやじさんの面倒をみるのに手いっぱいですからね。おれは気楽なもんですよ」

　新八がおやじさんと呼んでいるのは、柳島村(やなぎしまむら)に屋敷を構えている篠山検校のことである。

「そうか、しかし、検校どのも相当の年だからな。佳乃さんも大変だろう」

「なんの、おやじさんはなにをするにも女房のいいなりですからね。さほど手はかからないようですよ」

笹倉新八は念流の遣い手で、かつては村上藩十五万石に仕え、徒目付をしていた。

しかし、藩主の急逝によって世継ぎを失った本多家が五万石に減封されたとき、さっさと浪人して江戸に出てきた。

篠山検校に拾われて用心棒をしていたが、快活で裏表のない気性が気にいられ、いまは屋敷の用人格として盲目の検校を補佐している。

また、新八の妻の佳乃は、広大な検校屋敷の女中頭として万事の采配をふるっている。

かつて、凶悪な盗賊の一味が、検校の屋敷を襲うということを知った平蔵が、伝八郎や新八たちとともに検校屋敷で待ち構えて、一網打尽に片づけたことがあった。

検校はそのときのことを忘れず、以来、平蔵たちには、常に惜しみない援助をしてくれるようになった。

平蔵の今の住まいは検校の持ち家のひとつで、検校はそれを家賃なしで使わしてくれている。

もういっぽうの剣友である矢部伝八郎は、三人の子連れだった寡婦の育代を妻にし、ちゃっかり育代とのあいだに男子を一人もうけている。

つまり、妻子もなく、一人住まいをつづけているのは平蔵だけである。

三

かつて平蔵は、東国・磐根藩士、波多野静馬の妹である文乃を妻に娶ろうとした。

ところがその矢先、静馬が病死し、家系が絶えてしまうというので、やむをえず文乃を波多野家にもどしてやった。

磐根藩では平蔵が婿に来てくれるなら百石の扶持をあたえるといってくれたが、たとえ公儀直参だとしても裃つけての城仕えは性にあわないと、そっぽを向いて生家を出た平蔵が、それを受けるはずはなかった。

その後、山国岳崗藩の郷士で夜叉神一族を束ねる曲官兵衛の屋敷に寄宿しているうち、官兵衛の娘だった波津と恋仲になった。

官兵衛は無外流の達人だったが、みずから会得した［風花ノ剣］を平蔵に伝授してくれたうえ、一人娘の波津を平蔵の妻にすることを許してくれた。

だが、波津を妻に娶って江戸にもどったのも束の間、官兵衛が中気で病床に臥してしまったのである。

伝統のある夜叉神一族の頭領である官兵衛の後継者は波津しかいないため、波津を曲家に返さなければならなくなった。

波津と別れたあと、もはや妻は娶らぬと思っていたが、波津と親しかった篠という寡婦が、なにくれとなく家事をしてくれ、そのうちにわりない仲になってしまった。

篠は公儀黒鍬組の吉村嘉平治の娘で、きりきりと家事をこなし、平蔵の兄の忠利はもとより、嫂の幾乃も気にいってくれたため、二度目の妻に迎えることにした。

しかも、平蔵にとっては初子になる子を身ごもったのである。

ところが、出産を目前にして、篠は産褥熱に冒され、他界してしまった。

たった数年のうちに二人の妻と別れる羽目になった平蔵は、もはや妻は娶らぬと心にきめている。

平蔵は町医者だが、これまで数えきれないほど修羅場をくぐってきた剣士でもある。

いつ、何者に勝負を挑まれるかわからない身だった。

そのため、余分の金は由紀にすべて預けることにしてある。

――一期一会。

いま、このときを精一杯生きる。

それだけでいい、と平蔵は思っている。

四

柳島村に帰る新八と、その場で別れた平蔵が、両国橋を渡って御蔵前の大通りを北に向かっていたとき、稲妻が光り、雷鳴とともに、たたきつけるような驟雨に見舞われた。

平蔵は袴の裾をたくしあげて、浅草の広小路を駆け抜けた。

以前なら、この時刻は人の足が絶えなかった浅草広小路も、吉宗の「諸事倹約令」が幕府から発布されてからは、商店も早く店仕舞いをするようになった。

江戸屈指の繁華街も、めっきり客足が少なくなって、紙障子の窓からもれる行灯の明かりも減ってきた。

田原町の角を右折し、自宅のほうに向かおうとしたときである。

驟雨のなかから忽然と十数人の人影が湧きだし、白刃を手にして襲いかかってきた。

「なんだ！　きさまらは……」

平蔵は腰にした愛刀のソボロ助広を素早く抜きはなつと、右八双に身構えた。

曲者の集団には、単なる物盗りとは思えない明白な殺意がみなぎっていた。

ただならぬ殺気は、明らかに平蔵の命を狙っての襲撃のようだった。

しかも、いずれも腕に覚えのある剣の遣い手ばかりらしい。

「どうやら、だれぞに頼まれてのことのようだが、おれには命を狙われる覚えはないぞ。刺客の頼み手はいったい何者だ！」

怒号した途端、稲妻が頭上に走り、闇のなかの集団の姿を、一瞬、明るみのなかに浮きあがらせた。

およそ頭数は十数人余、いずれも屈強な浪人者のようだが、見覚えのある顔は一人もいなかった。

「ほう、どうやら問答無用ということらしいな……」

降りしきる雨のなか、曲者の一団は無言で鋒をそろえ、じりじりと右へ右へと移動しつつ、斬りこむ隙をうかがっている。

「よかろう。ならば容赦はせぬ。どこからでもかかってこい！」

平蔵は右八双に構えたまま、素早く雪駄を背後に脱ぎ捨て、足袋跣になった。

広小路の突きあたりの西側は大寺、小寺が蝟集し、南側は町家の家並みが連なり、北側には田原町の町家が軒を連ねている。

東側は広小路が大川までつづいている。

いずれも深閑とした夜の帳に包まれ、行灯の明かりも見えない漆黒の闇である。

——戦いは昼夜を問わぬ……。

ふいに忽然と曲官兵衛の声がよみがえってきた。

——雨や雪、嵐といえども避けることはできぬ。非常のときに人は惑う。瞬時に躰が動かぬ。天変地異に人はもろい……。

官兵衛の淡々とした声に耳を凝らした。

——非常の時に立ち向かうには、人が人であることを捨てて、獣に立ち返れ……。

平蔵は眼をとじて、天の声に耳を研ぎ澄ました。

——人は見る、聴く、嗅ぐ、触れる、味わうという五感のほかに、無心のうちに感知する本能をもっておる。その本能をとりもどすことこそが風花の真髄……。

平蔵は豁然として、九十九平の原野にいたころの、おのれに返った。

だらりと鋒をさげて、無念無想の境地を思念した。

五

ふたたび稲妻が閃き、大気を引き裂いて雷鳴が轟きわたった。

そのなかに平蔵は動じることなく、心気を凝らして佇んだ。

そんな平蔵の姿に戸惑ったのか、曲者の集団は容易には踏み込んでこなかった。

平蔵は瞼を半眼に閉じたまま、ひっそりと降りしきる驟雨のなかで身じろぎひとつしなかった。

——気配は、突如、背後で動いた。

その瞬間、平蔵は腰を沈め、下からすくいあげるようにソボロ助広の鋒を斬りあげた。

刃は敵の胴を下から斜めに斬り裂いた。

白刃一閃、血しぶきが驟雨の夜空に黒々と噴出した。

曲者は声ひとつあげることなく、ぬかるみのなかに突っ伏した。

それには目もくれず、平蔵は返す刃で、左側の曲者の肩から胸まで、存分に斬りおろした。

「ううっ！」

断末魔の絶叫とともに、曲者はたたらを踏んで、降りしきる雨の路上につんのめり、顔を埋めこんだ。

乱戦では先手必勝が鉄則で、敵の出鼻をくじくのが何よりも効果がある。

またたく間に二人の仲間が斃されるのを見て、曲者の一団はどどどっと後退した。

ただし、深追いは禁物だった。

まず、機先を制しておいて、相手が何者かを見定めたかった。

なにしろ、平蔵はしたたかに酒を飲んでの帰り道である。

平蔵は静かに気息をととのえると、相手の出方をうかがった。

どうやら見渡したところ、相手の身なりは屋敷者ではなく、着衣も貧しい、烏合の衆のようだった。

「いったい、なにゆえの狼藉だ！　おれの名は神谷平蔵。一介の町医者に過ぎん！」

声を張り上げたとき、思いもよらぬ罵声が耳に響いた。

「おのれっ！　紀州の使い奴めがっ」

その罵声には、紀州藩への憎悪がむきだしになっている。

――なにぃ……！

平蔵、思わず愕然とした。

「ほう、きさまら……どうやら尾張に雇われた刺客らしいな」

いま、紀州藩に牙を剝く者がいるとすれば尾張しかいないだろう。

尾張家は徳川御三家の筆頭でありながら、鳶に油揚げをさらわれたように、紀州の吉宗に天下人の座を奪われたのだ。

その無念は、おそらく想像するにあまりあるのだろう。

しかも、この先、どうあがいても二度と尾張に陽が当たらないことは明白だった。

ならばこそ、伊皿子坂での闇討ち以来、吉宗に助勢してきた平蔵は、尾張藩にとっては捨ておけぬ存在なのだろう。

だが、この一団は身なりからして、尾張藩士でないことは明白だった。

しかも、この激しい驟雨のなかにもかかわらず、曲者の着衣はいずれも尾羽打ち枯らしたものだ。

足もとも裸足に草鞋履きや藁草履で、足袋や雪駄を履いているものはいなかった。

もとより、青々と月代を剃り上げている屋敷勤めらしい者は見あたらなかった。

六

「どうやら、きさまらは見たところ、尾州藩士ではなさそうだな」

曲者たちを寄せ集めの烏合の衆と見た平蔵は、刀を構えたまま怒号を浴びせた。

「ともあれ、藪から棒に闇討ちなどという卑劣な僻事をしかけられては我慢できぬ。片っ端から斬り捨ててくれる！」

平蔵はソボロ助広を右上段に構え、曲者の集団のなかに飛び込んでいった。

いまや、平蔵は獲物を追う餓狼のように白刃をふるって襲いかかっていた。

「ううっ！」

血潮が雨空に黒く噴き出し、一人、また一人と大地に倒れ伏した。

そのとき平蔵は、刺客の後方に身じろぎもせずに佇んでいる一人の侍の姿を見た。

肩幅のある、いかにも屈強そうな武士が、平蔵の視線を受け止め、羽織を脱ぎ捨てると、たじろぐようすもなく歩みよってきた。

頬はそげ落ち、炯々たる眼光を平蔵にそそぎつつ、素早く刀を抜き放った。

「さすがは神谷平蔵。佐治一竿斎どのが手塩にかけて育てられたという、秘蔵弟子だけのことはある」

青眼の構えから、ぐいと鋒を右上段に構えなおした。

「それがしは井戸木甚助ともうすが、かつては貴公の師匠、佐治一竿斎どのに教示をうけたこともござる」

「なるほど、尾張には疋田陰流を遣う剣士がいると聞いていたが、貴公のことだな」

平蔵はソボロ助広を青眼に構えると、少しずつ間合いを詰めていった。

二人の間合いはおよそ五間（約九メートル）、井戸木甚助は摺り足のまま右へ、右へと回りこむと、胸の前で、ふいに剣を斜めに構えた。

剣先を左肩の後方に指し、爪先をじりじりと踏みこんでくる。

井戸木甚助は尾張藩中で右に出る者がないといわれていたという剣士だけあって、その構えには、微塵もつけいる隙がなかった。

踏み込めば、瞬時にかわされて、逆に体勢を崩され、逆襲されるだろう。

驟雨のなかで、おそろしく長い対峙がつづいた。

降りしきる雨幕がふいに視界を遮り、平蔵が瞬いたとき、疾風のように井戸木甚助の一撃が襲いかかってきた。

咄嗟に剣尖をかわし、払いのけたが、井戸木甚助は瞬時に刃を返しざま、二の太刀を下段から斬りあげてきた。

その鋒が平蔵の右足を襲い、かわす間もなく太腿の肉を斬り裂いた。

血潮が噴出し、袴を濡らした。

がくっと片膝をついた瞬間、井戸木甚助が平蔵の視界いっぱいに踏み込んできた。

咄嗟に平蔵は片膝をついたままで、井戸木甚助の腹を下から斜めに斬りあげた。

その鋒が、存分に井戸木甚助の腹を斬り裂いた手応えがあった。

血しぶきが雨空に黒々と噴出した。

平蔵は素早く身を起こし、刀を青眼に構えて井戸木甚助の反撃に備えた。

井戸木甚助はたたらを踏み、二、三間走って振り向いたが、上体がゆらゆらと左右にかしいでいる。

井戸木甚助は手で脇腹をおさえようとしたが、傷口から青白いはらわたが蛇（へび）のようにむくむくとはみだしてくる。

やがて、井戸木甚助はぐらりと躰をゆらすと、つんのめるように大地のぬかるみに顔を突っ伏した。

井戸木甚助の五体に鋭い痙攣（けいれん）が走った。

脇腹から血潮が流れだし、地面にうつぶせになった井戸木甚助は、やがて、身じろぎひとつしなくなった。

平蔵は油断なく、しばらくは残心の構えを崩さなかった。

彼方に御用提灯（ごようぢょうちん）の灯が、いくつか揺らめいているのが見えた。

たちまち曲者の集団は、蜘蛛（くも）の子を散らすように四方に走り去っていった。

――おわった……。

平蔵は片膝をついたままで、乱れた息をととのえた。

さすがは、尾州藩随一といわれた剣士だけのことはあったと、いまさらのように身じろぎもしなくなった井戸木甚助の屍を凝視した。

これまで遭遇した剣士のなかでも、驚嘆に値する強敵だった。

こうなると、吉宗公の警護役についた伝八郎と新八の身が、にわかに案じられる。

驟雨が井戸木甚助の屍に降りそそぎ、噴出した鮮血を洗い清めるかのように濡らしていった。

井戸木甚助が脱ぎ捨てた羽織を屍のうえにかけてやると、平蔵はようやく腰をあげて左足を軸に立ち上がった。

右足を踏ん張ると、太腿に受けた刀傷がずきんと疼いた。

鮮血がしとどに腿をつたい、立ち上がるのがやっとの深手だった。

この深夜、刀傷の手当てを頼めるのは由紀しかいなかった。

もう灯を消した［おかめ湯］に向かって、平蔵はよろめきながらも一歩、一歩、歩みだした。

足を踏ん張ると傷口が鋭く痛む。

歯を食いしばり、ともかく歩いていくしかなかった。

いつもは人、人、人で賑わっている広小路も、いまは人っ子一人いなかった。

［おかめ湯］の裏木戸の格子戸に手をかけてひきあけようとしたが、閂がかけてあった。

「由紀……」

声をふりしぼって呼びかけると、格子戸に手をかけたまま、路上にずるずると座り込んでしまった。

格子戸の向こうで踏み石を駆けてくる下駄の音がせわしなく響いたかと思うと、鋭い女の悲鳴がはじけた。

「平蔵さまっ……」

それは、まさしく由紀の声だった。

七

由紀はすぐさま釜焚きの為吉を、小石川の小川笙船のもとに走らせるとともに、平蔵を下足番の松造の背中に負ぶわせ、女中のお菊を連れて平蔵の自宅に運びこんだ。

お菊が手早く布団を敷いて、由紀と二人がかりで平蔵を寝かしつけた。

［おかめ湯］は朝になると、仕事に出かける前に湯にはいりにくる職人でごったがえす。

由紀はすぐさま、伯母の松江に［おかめ湯］の番台を頼んでおいて、お菊とともに平蔵に付き添ってくれた。

蛇骨長屋に住む版木彫り職人の長助と、女房のお駒、大工の吾助と女房のおうめ、玄妙僧都の妾のお芳などもやってきて、釜に水を汲んで竈にかけ、湯を沸かしにかかった。

為吉から知らせを聞いた小川笙船は、深夜にもかかわらず町駕籠を雇って、小石川から駆けつけてきてくれた。

小川笙船は平蔵の傷口を、鋭利なメスで擂り鉢状に丁寧に削りとった。

その間、平蔵は眉ひとつ動かさなかったが、若いお菊は手で目をふさいでしまった。

しかし、由紀は瞬きもせず、治療の一部始終を見つめていた。

そのあと、小川笙船は傷口を何度も焼酎で洗い流し、刀疵に卓効のある排膿散及湯を煎じさせて飲ませるよう由紀に指示した。

「傷口が泥水で汚れておったゆえ、化膿するかも知れぬが、神谷どのの体力なら五、六日もすれば、傷口もふさがるじゃろう」

小川笙船は処置をおえると、由紀をかえりみてうなずいた。

「ただし、肉が底のほうから盛りあがってきてくれればいいが、傷口が先にくっついてしまうと、傷の奥のほうが膿むことが多い。そのために、縫合はせずに、傷口はあけたままにしておきましたのじゃ」

小川笙船はにこやかな目で、かたわらから案じ顔で見守っていた由紀を見つめた。

「傷口は三寸あまりじゃが、よほどに切れ味のよい刀で斬られたものらしいのう」

小川笙船は溜息をもらすと、眉を曇らせて、痛ましげにつぶやいた。

「いま少しで、骨に届くほどの深い傷じゃった」

「ま……」

「なれど、筋は痛めておらなんだゆえ、心配はいらぬじゃろう」

由紀は息をつめて、笙船を見つめていた。

「ともあれ、このあとは痛めた足を動かさぬよう、当分はおとなしく寝ていることが何よりも肝要ですぞ。小便はもちろん、大便も御虎子を使うようにな」

「は、はい……」

「ま、寝ていれば腸のはたらきもにぶくなるゆえ、大便も出るのを遠慮するじゃろうが、小便のほうはそうはいかぬ。いや、むしろ、小便はどんどんだしたほうが、毒消しにもなりますからな」

　笙船は茶をすすりながら、笑みかけた。

「ふんどしは外しっぱなしでよい。できれば水は湯冷ましにして、食い物は粥に梅干しぐらいでいいじゃろう」

「わかりました。何事も先生のおっしゃるようにいたします」

「うむうむ……なになに、神谷どののほどのたくましい躰があれば、二日や三日、飯など食わなくても大丈夫じゃ」

　由紀は素直にうなずいたが、平蔵は不服そうに反論した。

「しかし、先生。食い物はともかく、これしきの傷、厠に立つぐらいのことは、どうということもござらんが」

「ならぬ！　患者は医師のいうとおりにするものじゃ……」

　ふだんは温厚な小川笙船が一喝して、ひたと平蔵を見つめた。

「片足など失うてもよいともうされるのなら、勝手になされ。もしも、その傷が膿むことになれば命を落とすやも知れませぬぞ！」

日頃の温顔が夜叉のように一変した。

「よろしいか。泥水に汚れた傷は破傷風になる恐れがある。破傷風になれば太腿の付け根から切り落とさねば命も危うくなろう」

「……………」

「片足を一本なくしてもよいと申されるのなら、勝手になされるがよい」

はたと見据えた笙船の顔貌には、侵しがたい医師の尊厳がみなぎっていた。

「神谷どのも医者なら、破傷風の怖さはご存じのはずじゃ。甘くみておられると命にかかわりますぞ」

「は……もうしわけござらぬ。何事も先生のおおせのとおりにいたしまする」

「うむ……よしよし、それでよい」

満足そうにうなずいた笙船は、神仙太乙膏を白布に薄く塗って包帯を巻きつけた。

「よろしいか、ご内儀。外傷の治療も、病の治療も、医者のできることには限りがござる。神谷どのが回復なされるかどうかの決め手は、一に看病、二にも看病ですぞ」

どうやら笙船は由紀を平蔵の妻と思いこんでいるらしい。

「あとは本人の気力次第じゃが、さいわい神谷どのはたぐいまれな気力の持ち主ゆえ、その気遣いは無用じゃろう」

薬箱から出した薬包を由紀に手渡すと、小川笙船は腰をあげた。

「この酸棗仁湯は神経を鎮めて、熟睡させてくれる妙薬ゆえ、傷の痛みも忘れさせてくれるじゃろう。よく土瓶で煮出して、粥のあとに飲ませてやりなされ」

「かしこまりました。このような深夜にもかかわらず、遠いところを足をお運びいただき、もうしわけございませぬ」

由紀が丁寧に礼をのべると、笙船は気軽に手を横にふった。

「なんの、なんの、神谷どのには、わしも幾たびとなく助けられておりますからな」

笙船は温顔を由紀にふり向けて、くれぐれも念をおした。

「よろしいか。なにかあれば、遠慮なく深夜でも声をかけてくだされ。すぐに駆けつけますするでな」

「おそれいります」

恐縮している由紀を見つめて、小川笙船はふかぶかとうなずいた。

「それにしても、神谷どのは、またとない連れ合いに恵まれたものじゃ」

笠船は勝手に妻ときめつけて、独り合点すると、さっさと玄関に向かった。

由紀が急いで見送りに立った。

第七章　刺客の巣窟

一

——翌日の夕刻。

陽が西に沈みはじめたころ、大川を小舟で渡ってきた浪人者が一人、また一人と須崎村の茅葺き屋根の屋敷に集まってきた。

陽がとっぷりと暮れた五つごろ、屋敷の部屋をふたつぶちぬいた広間には、三十名近い浪人者がひしめきあった。

やがて諸岡湛庵は、二尺余はあろうかという丸行灯を背にし、満面を朱に染めて、怒りをあらわにした。

「ならば十五人が総がかりしたにもかかわらず、たった一人の神谷平蔵を討ちもらしたともうすのかっ」

「ははっ……」

数人の浪人者が蒼白な顔で平伏した。

「われらの半数は無念にも斬り伏せられ、井戸木どのは神谷平蔵に一太刀浴びせ、手傷を負わせましたが、倒れた神谷平蔵にとどめの一撃をあたえようとしたところ、逆襲されて落命いたしました」

「しゃっ！　それで、きさまらは、のめのめと立ちもどってきたと申すか！」

「ははっ、なれど、そこに町奉行所の役人どもが駆けつけてまいりましたゆえ……」

「ならば、井戸木甚助や、仲間の屍体も打ち捨ててまいったのじゃな」

「ははっ！　もうしわけありません。万やむをえず……」

「ううう……」

湛庵は満面に怒気をみなぎらせ、浪人者たちを睨みつけた。

「何が万やむをえずじゃ！　おまえたちはともかく、甚助は歴とした尾張藩士ぞ」

湛庵の激怒はとどまるところがなかった。

「せめて甚助の遺体だけでも運んでまいればまだしも、面体を役人どもにあらためられ、万が一にも、井戸木甚助が尾張藩士だということが判明すれば、われらが尾張家の弁明に窮すとはおもわなんだのかっ！」

浪人者たちは寂として、声もなかった。

湛庵はいらだちをおさえきれぬらしく、声を荒らげて浪人者たちを罵倒すると、足音も高く座敷をあとにした。

二

しばらくのあいだ、浪人者たちは、しらけた顔で湛庵の後ろ姿を見送った。

「よううてくれるわ。ならば、尾張者の手で神谷平蔵とやらを始末すればよかろうが」

髭面の神岡市之丞が吐き捨てた。

「よいではないか。なに、ここにいれば金もかからず、飯を食いっぱぐれることもない。ま、好きなようにいわせておけ」

神岡市之丞を諌めた侍は杉山辰之助といって、背が高く、鼻筋もすらりとした役者顔をしている。

神岡市之丞は頭ごなしに罵倒されて、腹の虫がおさまらないとみえ、獣のような唸り声をあげた。

「なれど、もしも、あやつめが、われらをここから追い出しにかかったら、おりゃ、真っ先にあやつの皺首をたたっ斬ってやる」

「よせよせ、あいつを斬ったところで一文にもならんぞ」

馬面の服部半介がひらひらと手を横にふって、市之丞をなだめた。

「とはいえ、そもそも尾張者は表に出さず、われらの尻をたたいて濡れ手に粟で、天下を狙おうなど虫がよすぎるわ」

「ううむ、たしかに虫がいいのう」

「そもそも、あの諸岡湛庵という男、刀が遣えるとも思えんぞ」

浪人者たちは憂さ晴らしに、口をそろえて諸岡湛庵をこきおろした。

そのとき、杉山辰之助が口辺に薄笑いを浮かべて嘲笑した。

「ふふ、ふ、なぁに、あの諸岡湛庵はいまでこそ尾張藩で羽振りをきかせておるらしいが、なんの、かつて岸和田藩では、足軽に毛のはえたような軽輩だった男よ」

見るからに優男の、杉山辰之助の双眸が糸のように細く切れた。

「それが、弁口ひとつで上役にとりいって、まんまと郡代にまでのしあがっただけの、いうなれば口舌の徒に過ぎぬ」

「ほう、貴公。よく知っておるのう」

「まぁ、おれも、かつては岸和田藩で禄を食んでおったからな」

「しかし、岸和田藩にいたあやつが、なにゆえ尾張藩で羽振りをきかしておるのだ」

髭面の神岡市之丞が、乱ぐい歯の口をひんまげてジロリと白い目を向けた。

「おお、そうよ。岸和田藩といえば、紀州家の隣藩だろう。御三家の尾張藩とは
かかわりがないはずだろうが」

服部半介が、辰之助に尖ったまなざしを向けた。
「ふふふ、もう何年も前になるが、紀州家と岸和田藩とのあいだで、国境の線引
きをめぐって争いが生じたことがあってな。その争いの矢面に立たされて、郡代
だった諸岡湛庵が得意の弁口で、岸和田藩の言い分を通そうとしたことがある」

ちょうどそのころ、杉山辰之助は岸和田藩で扶持をとっていたという。
「ところが、臍を曲げた紀州藩は幕府に下駄をあずけ、とどのつまり紀州藩に分
があるということになってな。岸和田藩は泣き寝入りするしかなかったのよ」

そのあげく、岸和田藩は面目をつぶされ、その責めを負わされた諸岡湛庵は、

藩主の咎めをうけて浪人したという。

　その後、杉山辰之助のほうも、藩の上司の後家とねんごろになっていたことを、重役から咎められた。

「しかも、相手の後家は、おれに力ずくで犯されたのだと上司に訴えやがっての……」

　後家の縁戚だった重役は、口封じのため杉山辰之助に討っ手を差し向けてきたが、辰之助は討っ手を斬り捨てた足で、裏切った後家を刺殺し、脱藩したということだ。

「ほう、なるほど、その役者面なら、後家のほかにも何人も女を泣かせてきただろう」

　髭面の神岡市之丞が揶揄したが、杉山辰之助は涼しい顔でほざいた。

「女を泣かせるのは面じゃない。ものをいうのは股ぐらの一物だぞ。男ひでりの後家なんぞは、抜かず三発もかませば、尻で書くのの字、そこいらが白うるしよ……」

　辰之助はにたりと笑って、うそぶいた。

「ちっ！　いくら年増女にもてたところで、修羅場の役には立つまいて……」

神岡市之丞がからかったが、杉山辰之助はじろりと髭面を睨みかえした。

「なんの、おれの無外流と柳剛流の右に出る者は岸和田藩で一人たりともいなかったぞ。なにせ、藩侯の御前試合でも一度たりと後れをとったことはなかったわ」

杉山辰之助は優しげな役者顔に似合わぬ、不敵な笑みを浮かべた。

「それを知っていた湛庵が、腕を貸せといってポンと十五両の支度金をだしたゆえ、ま、当分の食いつなぎに手伝ってみるのも、おもしろいと思ったまでよ」

「ほう……おぬし、柳剛流か」

神岡市之丞がうさんくさそうな目つきで、茶々をいれた。

「ははぁ、つまりは柳剛流で当て身をかまして、女をおさえこんだらしいの」

神岡市之丞がせせら笑った。

「ふふふ、おなごが相手なら当て身も楽にきいたろうよ。おなごを眠らせておいて股ぐらに突っこんだか……」

「なにぃ……きさま、なにかというと妙にからんでくるが、おれが気にくわんというなら、いつでも相手になるぞ」

杉山辰之助が刀に手をのばした。

「おお、やるか……」

神岡市之丞も刀に手をのばしたのを見て、仲間が止めにかかった。

「よせよせ、こんなところで内輪もめはやめておけ。場所を考えろ」

「そうよ。内輪もめはいかん」

「下手をすると、素寒貧で追い出されるぞ」

「そうよな……」

杉山辰之助が苦笑いして、うなずいた。

「ふふ、ま、食い扶持稼ぎにきて、素寒貧で追い出されちゃ割にあわん」

「う、うむ……ま、それもそうよな」

神岡市之丞もようやく血の気を鎮めた。

「しかし、それにしても、神谷平蔵というやつ、ただ者ではないな」

服部半介もふかぶかとうなずいた。

「うむ。片膝ついたままで、あの井戸木どのを、ただ一撃で斃した手練は、いまだに瞼に焼き付いておる」

「しかも、あの神谷平蔵には何人もの剣客が仲間についておるというが……」

「ああ、どうやら、その仲間のふたりが吉宗の陰守を引きうけているらしい」

「うむ。井戸木どのほどの遣い手がやられたというと、神谷平蔵という男、尋常の遣い手じゃないな」

「おう、あの江戸五剣士に数えられる佐治一竿斎の秘蔵っ子だそうだからな」

一座の浪人者たちは神谷平蔵の噂(うわさ)にもちきりになったが、それを尻目に、杉山辰之助は人もなげにうそぶいた。

「ま、いずれにせよ。もはや、天下に尾張の出番はなかろうて、尾張のことは、夢のまた夢よ」

「ほう。ならば、貴公、なんのために、ここに来たんだ」

「ふふ、なぁに。おれも若いころ佐治門下で学んだことがあるからな。神谷平蔵という男がどれほどの腕か、この目で確かめてやろうと思ったまでよ」

杉山辰之助は大欠伸(おおあくび)をすると、ごろりと横臥(おうが)して目をとじた。

三

——その日。

矢部伝八郎と笹倉新八は、麴町(こうじまち)の赤坂(あかさか)御門前にある紀州家中屋敷の組長屋で、煎餅(せんべい)をかじりながら寝そべっていた。

連夜の驟雨はどこへやら、今日はからりと晴れ上がり、まぶしいほどの陽光が長屋のなかまで差し込んでいる。

公儀の徒目付を務める味村武兵衛から、吉宗が市中巡回のおり、陰守を務めて欲しいと頼まれて、今日で五日目になる。

当座の手付けとして二十両ずつ、しかも、日当は一日二分、むろん三食つきで晩酌は二合までならよいという、用心棒としては、またとない好条件だった。

しかも、期限はいつまでときまってはいないという。

ことに、二人が守るべき人物は八代将軍の吉宗公、ただ一人である。

むろんのこと、伝八郎と新八は一も二もなく引き受けることにした。

飯は三食とも紀州藩邸の台所女中が運んできてくれるから、日中は長屋で昼寝しようが、屋敷内を散歩しようと勝手だった。

ただし、いつでも出動できるように屋敷内で待機していてもらいたいという。

吉宗が紀州家中屋敷にひそかに移ったのは、尾張の刺客の襲撃から身を隠すためだった。

伝八郎と新八が暇をもてあましていたとき、徒目付の味村武兵衛が部屋にはいってきた。

「いやぁ、神谷どのがやってくれましたぞ」

味村武兵衛は上機嫌で、二人の前にどっかとあぐらをかいた。

「いま、御庭之者から耳にしたところ、数日前の深夜、浅草広小路で尾州の刺客十数人に襲われたものの、神谷どのは刺客の半数近くを斬り伏せたそうにござる」

「なんと！」

伝八郎と新八は思わず、顔を見合わせた。

「その刺客は、やはり諸岡湛庵の意をうけたやつらですか……」

「おそらくは、な……」

味村はうなずいたものの、眉をひそめた。

「ただ、どうやら、神谷どのも太腿に手傷を負われたそうじゃが……」

「なんと！」

「あの神谷が……手傷を」

二人は思わず顔を見合わせ、絶句した。

「さよう。相手は尾張随一といわれていた井戸木甚助ともうす、疋田陰流の遣い手じゃ」

「ああ、井戸木甚助か……」

笹倉新八が横合いから口を挟んで、おおきくうなずいた。

「その男は、たしか、佐治先生の門下に二年ばかりいたと聞いたことがあるな」

「うむ、たしかに神谷どのとは同じ佐治門下ということになるが、ともあれ、最後は神谷どのとの一騎打ちになって、見事、神谷どのが、その井戸木甚助を斬り斃されたとの由にござる」

「ふうむ。しかし、おれは佐治先生から井戸木甚助などという名は、これまで一度も聞いたことがないぞ」

伝八郎が口を尖らせた。

「いや、門下とはいっても貴公たちの道場ではなく、佐治先生が尾張藩に出稽古にまいられたとき、藩邸の道場で指南された男だと聞いておりもうすが……」

味村武兵衛は徒目付だけあって、諸藩の情報にもなかなかくわしいようだ。

「そうか。先生はあちこちの大名屋敷に出稽古に行かれていたからのう」

伝八郎も納得して、舌打ちした。

「とはいえ、平蔵に手傷を負わせたというからには相当の遣い手なんだろうな」

「さよう、なにせ、帰宅するのがやっとの深手だったそうにござる」

味村武兵衛も沈痛に眉を曇らせた。

「ただし、小川笙船という名医が往診をされたうえで、命には別状はないと診断されたとのことゆえ、あまり心配なさることはござらんでしょう」

そういうと、味村は腰をあげた。

「ともあれ、諸岡湛庵という男、いずれは上様にも手出ししてくることは必定ゆえ、陰守をよろしくお頼みしましたぞ」

味村武兵衛が部屋を出ていくのを見送って、伝八郎は唸り声をあげた。

「ちくしょう！　諸岡湛庵め。あの伊皿子坂のおりに討ち取っておけばよかったのう」

「なぁに、そのうち向こうからやってくるはずだ」

笹倉新八が唇を嚙みしめ、吐き捨てた。

「しかし、いずれは、あの湛庵めの素っ首を刎ね斬ってやる」

「おお、あやつめ、いつも陰でこそこそと蠢いておるだけで一向に面を見せん。まるで影法師みたいなやつだ。武士の風上にもおけぬ卑怯者よ！」

吐き捨てた伝八郎は、床にどたんと大の字になった。

「ああ、あ……おかよ坊は今頃なにをしちょるのかのう。おれがしばらく顔を見せてやらんゆえ、さぞ、さみしがっておるだろうな」

新八は思わず、吹き出しそうになった。

「いやいや、おおかた、鬼のいぬまのなんとやらで、新しい添い寝の相手を探しているんじゃないかなぁ……」

冷やかした途端、伝八郎はむくりと起きだして、食いつきそうな目で睨みつけた。

「おい、鬼とはだれのことだ」

「ン？……」

「きまってるでしょう。おなごは愛しい男のことをおにぃさまというんですよ」

「客商売をしている女がごまかすとき、よく使う手でね。ま、酌とりの女に好いた男がいるとわかれば、客はしらけますからな」

「ほう、この、おれが、おかよ坊のおにぃさまか。うふふ……」

新八があきれ顔になって、思わず吹き出しそうになったとき、廊下であわただしい足音がしたかと思うと、吉宗の御側小姓を務めている沖田文四郎が顔をだした。

「四半刻（三十分）後に上様が市中御見回りにお出向きになられますゆえ、陰守をよろしくお願いいたします」

「よし、心得た……」

すぐさま笹倉新八が、刀架にかけてあった大刀をつかみとった。

「おい、待て待て！　新八、置いてけぼりはなかろうが！」

肘枕(ひじまくら)で居眠りしかけた伝八郎も、泡を食って跳ね起きた。

四

吉宗の市中見回りは、いつも、だしぬけのことが多いため、御庭之者はいつでも飛び出せるように気をくばっている。

その日、吉宗は一旦江戸城に戻ると、小倉袴(こくらばかま)に雪駄(せった)履きという質素な身なりに着替え、折れ笠を手に常盤橋(ときわばし)御門を出て、本町(ほんちよう)通りを東に向かった。

供の者は沖田文四郎たち数名と矢部伝八郎、笹倉新八だけである。

いずれも浪人者らしい気楽な身なりで、つかず離れず、吉宗の前になったり、後になったりしている。

本町筋は通りの道幅も広く、問屋に商品の仕入れにきた地方の小商人(こあきんど)が、しきりに出入りしていた。

折れ笠をかぶった吉宗は懐手をして、物珍しげにあちこちの商店に目をやっていたが、本町通りから途中で、つと左に折れて室町通りに入った。

室町通りも道幅は広く、左右には軒下借りの小商人が威勢よく客を呼び込んでいる。

吉宗はひょいと絵双紙売りの小商人の前で足を止めた。

絵双紙売りは、本来、江戸の地理に不案内の旅人や、江戸屋敷に転勤を命じられた遠国の藩士たちに、木版刷りの［江戸名所案内図］を売るのが本業である。

「へへへ、旦那。お江戸見物ですかい」

絵双紙売りは、こんがりと日焼けした吉宗のいかつい顔から、浪人者か、江戸屋敷詰めになったばかりの藩士と見たらしく、気さくに声をかけた。

「うむ。まぁな……」

吉宗は葭簀がけの絵双紙売りと一言、二言声をかわして、楽しげに話し込んでいる。

絵双紙売りが後ろの木箱から、ひょいと何枚かの木版刷りの浮世絵を出して、なにやら小声でささやいた。

伝八郎の顔がにやりと笑みくずれて、新八に耳打ちした。

「おい、ありゃ、まちがいなくコレもんの浮世絵だぞ」

拳骨(げんこつ)の人差し指と中指のあいだから、親指の先をのぞかせ、くくっと忍び笑いした。

コレもんとは、男女の交わりを描いた春画のことである。

「まさかだろう……」

「なぁに、絵双紙売りが一番儲(もう)かるのが、あの手の浮世絵よ。おれも名の知れぬ絵師が描いた安物の枕絵なら何枚かもっておるが、平蔵の生家の蔵には尾形光琳や、土佐(とさ)派(は)の絵師が描いた高価な春画が、今でもごっそり眠っているはずだぞ」

「ほう、尾形光琳といえば、大名屋敷や大金持ちの襖絵(ふすまえ)を描くほどの絵描きですよ」

「なんの、まだ無名の若いころは、長屋で女房をすっぽんぽんに剝(む)いて、せっせと絵筆を走らせておったらしい」

伝八郎のいうとおり、絵師は無名のころは暮らしの銭を稼ぐため、やむをえず版元に頼まれて極彩色の［春画］にも筆をとる。

「なにせ、大名屋敷の襖の絵や、街道の風景などを描いて飯が食えるような絵描きなど、そう何人もおらぬからのう」

「ま、そうだろうな……」

「なんでも鳥居清信や狩野探幽などという高名な絵師も、ぺいぺいのころは春画で飯を食っておったそうだぞ」

伝八郎はにやりとして、声をひそめた。

「ほら、平蔵が知っておる菱川寿喜麿（ひしかわすきまろ）とかいう絵師や、雪英（せつえい）という女絵師は、いまだに春画を描いて暮らしておるからの」

雪英は元は武士の妻だったが、夫が食いつめて暮らしの銭にも窮し、銭で人殺しを引きうけるまでおちぶれてしまった。

夫の死後、雪英は生来の絵の才能を生かして春画で食いつなぐ身となった。

雪英の精密な筆使いの画才に目をつけた版元は、雪英に春画を描くようすすめた。

雪英は鏡に自分の放恣（ほうし）な姿態を映し、それを写生して画商を驚喜させた。

いまや雪英の春画は、驚くほどの高値で売れているという。

それでいて、雪英はいまだに独り身ですごしているらしい。

江戸見物に来た男たちは武士も商人も、まず江戸の名所図会を買うが、ついでに吉原遊郭の遊女の一枚絵や、枕絵を土産に買う。

枕絵は平安時代から流布していて、十二単衣をまとった姫御前と殿上人の交合図や、公家の女同士が、たがいになぐさめ合う交歓図までひそかにひろまっていた。

戦国時代の武士たちも、兜の裏に枕絵を忍ばせておいて、戦塵の合間の憂さ晴らしにしていたという。

おそらく、血なまぐさい戦場では、おなごの柔肌を思い浮かべることで、荒んだ気持ちを静めていたのだろう。

また、勝ち戦の代償に敗将の妻や娘を求めるのは合戦の慣例になっていたという。

太閤の寵愛を一身にあつめた淀君も、敵将浅井長政の娘だった。

戦国大名にとって、敗将の美しい姫や奥方は、千金万金の黄金よりも、価値のあるものだったのだろう。

神谷平蔵が、まだ十五、六歳の色気づいたころ、実家の土蔵で秘戯画を見つけて、伝八郎と二人で固唾を呑んで見入ったのも、そのたぐいのものである。

むろん、そうした秘戯画はご禁制のたぐいだが、売春をいくら取り締まってもかぎりがないのとおなじで、絵師は食うに困れば秘戯画に筆を染める。

吉宗は数枚の浮世絵を買い求めたあと、すこし先の五倍子店(ふしみせ)で足をとめて看板娘に声をかけ、楊枝(ようじ)を買いながら、にこやかに話しかけていた。

五倍子は漆(うるし)の仲間の白膠木(ぬるで)という落葉樹の葉の裏につくアブラムシの抜け殻(がら)のことで、お歯黒の染料に使われる。

娘は婚すると眉を剃(そ)り落とし、竹を丁寧にたたいて細くした楊枝で歯を磨き、お歯黒に染めることで有夫の女の証(あかし)になる。

五

吉宗の市中見回りは、江戸の市民視察をかねてはいるものの、窮屈な江戸城内から解放されたいという意図も多分にあるらしい。

「しかし、沖田どのも、こんな気まぐれな散歩に始終つきあわされてちゃ、たまったもんじゃないな」

何事もなく陰守を終え、紀州屋敷に戻った伝八郎がぼやいたが、新八はこともなげに一蹴(いっしゅう)した。

「いいじゃないですか。あれが吉宗さまの憂さ晴らしなんですよ。なにせ、さよう、しからばの窮屈な江戸城内にいたら、だれだってうんざりしますからねぇ」

「そうかのう……大奥には器量よしの娘がわんさとひしめいていて、上様のお手がつくのを待っているというじゃないか」

伝八郎は肘枕でごろりと寝転がって、羨ましげにぼやいた。

「ま、いうなれば、よりどりみどりだろうが。おれなら、うんざりどころか、ウハウハもんだがのう……」

「ふふふ、ま、そこが矢部さんと、上様の器量のちがいでしょう」

「よういうわ。新八だって、おれと、どっこいどっこいだろう」

笹倉新八は舌打ちして、口を尖らせると、猛然と反論した。

「とんでもない。こっちは、あの気むずかしい検校どのに女房ともども、長年、仕えてきている身ですよ。矢部さんのような極楽とんぼと、いっしょにしてもらいたくないな」

「よういうわ。きさまは夫婦そろって、検校屋敷にちゃっかり住みついて、屋根つき、飯つき、手当つきの丸抱えじゃないか。いうことなしだろうが……」

「ちっ、ちっ……」

笹倉新八は負けじと切り返した。

「なんの、なにしろ、検校どのもお年が、お年ですからね。もしも、検校どのに寝込まれたら、金の貸し付けや、取り立てをどうするか、考えただけで、うんざりしますよ」

「なぁに、そんな始末は手代や、屋敷の女中やらにまかせりゃいいだろう」

「なぁに、雇い人なんぞというのは獅子身中の虫みたいなものでね。飼い主が危なくなったら、さっさと金をかきあつめて、われさきに逃げだすにきまっている」

新八は口をひんまげて吐き捨てた。

「ははぁ、つまりは藩が取りつぶしになったときのようなもんだな」

伝八郎は宮仕えしたことなど一度もないくせに、わかったようなことをいう。

「ふふふ、まぁ、ね……」

新八は苦笑いした。

「そうなりゃ、おれと女房のふたりで検校どのの帳簿に目を通したり、看病はもちろんのこと、食い物の世話から、シシババの面倒もみなくちゃならない。まず、矢部さんなら一日も我慢できずに逃げだすだろうな」

「なんの、手当さえたっぷりもらえりゃ、なんだってするさ」

「どうだか、あやしいもんだ……」

新八も負けじと言い返した。

「なんでも、矢部さんは、ご内儀が風邪で寝込まれたときも、娘御に世話をおしつけて、毎晩のように飲みあるいていたそうじゃないですか」

「う、ううむ……」

「まぁ、矢部さんに検校どののシシババの面倒を見られるとはおもえませんねぇ」

新八が用人をしている篠山検校の屋敷の女中たちのなかには、夜鷹をしていた女や掏摸をしていた女もいる。

また、吉原で女郎をしていた女もいれば、奉公先の旗本に手込めにされかけて、逃げ出してきた女もいる。

検校自身はおなごは不用の老人だが、奉公人たちの睦みあいには寛大で、みずから仲人になって夫婦用の長屋に住まわせている。

笹倉新八と佳乃も検校の仲人で夫婦になって、盲目の検校をささえ、妻子のいない篠山検校の杖とも柱ともなっている。

佳乃は武家の娘で、筆も十露盤も達者だったことから、いまや、新八とともに検校の莫大な資産運用もまかされていた。

篠山検校の屋敷は、柳島村の佐竹右京大夫下屋敷の裏手にある。

敷地は約八百坪、白壁の塀に囲まれた屋敷内には長屋がいくつもあった。

その長屋には、それぞれ検校の身のまわりの世話をする女中や下男のほかに、大嶽という船頭夫婦を住まわせていた。

大嶽はかつては、さる東国の大名のお抱え力士をしていたが、御前相撲で相手の首を折ってしまい、藩主の不興を買って追い出され、船宿の船頭をしているところを篠山検校に拾われたという。

検校は、仕事で江戸市中に出かけるときなど、自家用の艀で送り迎えをさせている。

また、大嶽には庭仕事や薪割りなどの役割もあたえ、女房は台所女中として使ういっぽう、子供たちには屋敷内に設けた手習い塾で、読み書きや十露盤を学ばせてやっている。

検校屋敷の裏手には船着き場があり、艀と二艘の猪牙舟のほかにも、屋根船と荷舟も繋留されている。

春の花見どき、秋の紅葉見物のときには、使用人を屋根船に乗せて、大嶽が櫓を握って隅田川に漕ぎだし、使用人たちの労をねぎらうなどの心遣いもするという。

篠山検校は、長屋に住まわせた身よりのない貧しい人びとに仕事の世話もしてやったりして、暮らしの面倒も見ているという有徳の人だった。

第八章　柳生必殺剣

一

神谷平蔵の熱もようやくさがり、床上げしたところに、剣友の柘植杏平が見舞いにやってきてくれた。

柘植杏平は凄まじい剣歴の持ち主で、斬りあいによって左の耳朶をなくしたため、傷痕を隠している。

杏平は尾張柳生流を学んだあと、諸国行脚の修行に出て、みずから［石割ノ剣］という剣技を編み出した剣士である。

今は伝八郎や新八とともに、小網町に開いた剣道場で師範代をしているが、平蔵が寝込んでいると聞いて、道場のほうは門弟筆頭の麦沢圭之介にまかせてきたらしい。

柘植杏平と平蔵は剣友でもあるが、いい碁敵でもある。

囲碁の腕は柘植が一枚上手で、このところ平蔵のほうが負け越して、黒番で二連敗している。

二人は、早速、縁側に碁盤を持ち出し、一局囲むことにした。

そのあいだにやってきた由紀が、手早くぬくぬくの［あんかけ豆腐］をつくって、口汚しにだしてくれた。

手早く湯通しした豆腐に、醤油味の葛で、とろみをつけた［あんかけ豆腐］は、柘植杏平もはじめて食するらしい。

「ううむ、これはうまい！」と舌鼓をうった。

「いま、［芋田楽］を蒸していますので、すこしお待ちくださいまし」

由紀が声をかけると、柘植杏平が目を丸くして小首をかしげた。

「その、［芋田楽］とはどんな料理ですかな」

「はい。蒸した里芋に味噌をまぶしただけのものですが、柘植さまはワサビ味噌と、山椒味噌と、どちらがお好みですの」

「いやいや、わしは好き嫌いのない男ゆえ、どちらでも結構じゃが、それにしても由紀どのは料理人も顔負けですな」

「いえいえ、わたくしも豆腐は冷や奴か、湯豆腐ぐらいしか知らなかったのですが、広小路の並木町の角に新しく店を出した［ひぐらし］という小料理屋の板前さんから、いろいろと教わっているところですの」

「ほう、［ひぐらし］とは、また、しゃれた名前ですな」

　柘植杏平は［あんかけ豆腐］に舌鼓を打ちながら目を細めた。

　生来、無骨無粋な男だが、柘植杏平の食い意地だけは相当なものだ。

「ううむ、この［あんかけ豆腐］はなかなかの絶品じゃ。ひとつ、うちの家内にも伝授してやってくださらんか」

「ま、伝授などとおっしゃられると身がすくみますわ」

　女は手料理を褒められると、うれしいものらしく、由紀はいそいそして［あんかけ豆腐］の作り方を話した。

「ただ、お湯で温めた豆腐に餡をかけて辛子を添えただけのものですから、奥さまも、すぐおつくりになれますよ」

「ほう、それなら簡単ですな」

　由紀が台所にさがっていくのを見送って、柘植杏平は感嘆の声をもらした。

「いやいや、料理の上手なご内儀は家の宝物ともうすが、神谷どのはなんとも果報なおひとですなぁ……」

柘植杏平が箸を手にし、ぬくぬくの［あんかけ豆腐］を堪能していたとき、玄関で訪う声がした。

二

由紀が急いで、台所から出迎えに立ってみると、戸口から気さくに入ってきたのは平蔵とは古くからの顔馴染みでもある、北町奉行所定町廻り同心の斧田晋吾だった。

「ま、斧田さま……」

「おう、これはこれは、由紀どの……」

斧田は手にした十手で肩をポンポンとたたきながら、奥に目をしゃくった。

「神谷どのが手傷を負われたそうだが、まだ、おねんねかな」

「いいえ。おかげさまで、もう床上げしておりますわ。さ、どうぞ……」

「さすがは神谷どのだ。満身創痍になっていても不思議のない修羅場だったが、よく切り抜けられたものよ。いやはや、さすがに神谷どのの剣はたいしたものだ……」

斧田は雪駄を脱ぎ捨てると、ずかずかと奥の部屋に通り、巻き羽織の裾をはねあげて、どっかとあぐらをかいた。

「ほう。柘植さんと二人で囲碁かね。いや、優雅で結構、結構……」

平蔵が口を引き結んで、斧田を見やった。

「おい、八丁堀の旦那が、わざわざ浅草くんだりまで出向いてきたところをみると、先日の一件の聞き込みらしいな」

「いや、聞き込みじゃない。あんたの見舞いだよ。見舞い……」

斧田は手をひらひらと横にふって、苦虫を嚙みつぶしたような顔になった。

「ともあれ、なんとも派手にやってくれたもんだよ。なにせ、木戸番から知らせを受けて駆けつけてみたら、なんと、広小路は一面に屍体の山だったぞ……さすがのおれも泡食ったわ」

斧田は手にした十手で肩をたたきながら溜息をついた。

「なかには血だらけになって、うめいておるやつもいたゆえ、戸板で運ぶやら、医者を呼ぶやらで、てんてこ舞いさせられたぞ」

斧田はぐいと首をのばして、同心らしい鋭いまなざしで、平蔵に問いかけた。

「手傷を負っていた奴らを奉行所で責め問いにかけたところ、きゃつらを斬ったのは貴公ひとりだったようだな」

「ああ、したたかに酒を飲んでの帰り道だったから、切り抜けるのがやっとだったよ」

「つまり、あんたが待ち伏せを食らったということか……」

「うむ、例の［あかねや］で伝八郎や新八と一杯やって、ほろ酔い機嫌で帰ってきたところをいきなり襲われたから、さすがに、おれも慌てたぞ」

「ふうむ……それで、手傷を負ったのか」

「ああ、あの夜はだしぬけに蔵前のあたりで土砂降りに見舞われてな。あしもとはぬかるむわ、稲妻は走るわで、ずぶ濡れになっていたゆえ、凌ぎきるのが精一杯だった」

　平蔵はホロ苦い目になった。

「なかでも井戸木甚助という男はなかなかの遣い手だったな。おれも危うくやられるところだったぞ。ひとつまちがえれば、いまごろ、おれは三途の川を渡っていただろうよ」

「ふうむ……あんたがそういうくらいなら、相当の遣い手だったんだろう」

「しかし、あれほどの遣い手が、辻斬りを働くわけはないだろう……」

「うむ、やつらの狙いは金じゃない……」

　斧田がひらひらと手を横にふった。

「残されていた浪人者の屍体は七つだったが、やつらの懐中には、どいつも、こいつも、巾着に小判がたんまり入っていたゆえ、まずは、金が目当ての闇討ちじゃない」

「ちっ！　そんなことは、いわれんでもわかっている。どんな悪党でも、金が目当てなら年配の商人を狙うにきまっている」

「ああ、だいたいが、十数人もの浪人者が徒党を組んで、辻斬りをやるなどということは、まず、ありえんな」

　斧田は渋い目になって、平蔵を見やった。

「金が目当てじゃないとすれば、あとは怨恨ということになる」

　斧田晋吾はさすがに北町奉行所切っての腕利きの定町廻り同心らしく、ツボにはまった鋭い見解を示した。

　だが、相手が斧田晋吾とはいえ、将軍家と尾張藩の内紛にからむ秘事を迂闊にしゃべるわけにはいかない。

「うむ。ま、それが妥当なところだろうが、生憎、おれには見当もつかんぞ」

平蔵はさりげなく反駁したが、斧田は同心らしくジロリと鋭い目を向けた。

「果たして、そうかな……」

「なにぃ……」

「なにせ、あんたはもともと無鉄砲なところがあるからのう。あちこちで犬の糞みたいに、災いの種をまきちらしてきたじゃないか」

「おい。犬の糞とはなんだ」

平蔵、口をひんまげて吐き捨てた。

「おれは一介の町医者だぞ。しかも、患者のおおかたが、その日暮らしの貧乏人ばかりだ。それも、治療代どころか薬代までツケにされてばかりだからな。文句をいいたいのは、むしろ、こっちのほうよ」

「ふふふ、まぁ、ま、そう嚙みつくなよ」

斧田は、それが癖の十手でポンポンと肩をたたきながら、目で平蔵をすくいあげた。

「貴公。もしかすると、自分じゃ気がつかないところで、だれかの恨みを買っているんじゃないのか……」

「ううむ。……ま、これまで何人もの剣士に真剣勝負を挑まれて、やむをえず、斬りあいをしたことはあるとはいえ、いずれも、双方が納得ずくの立ち合いで、断じて恨みを買うようなものじゃなかったぞ」

「ふうむ……恨まれる覚えがないとなりゃ、あんたが狙われる動機は、たったひとつしかなかろうが」

斧田は十手の先で、平蔵の胸をつついた。

「狙いは貴公の命よ。神谷平蔵という男自体が、だれかにとっちゃ、目の上のたん瘤（こぶ）、邪魔な存在なんだろうよ」

「おい！　ふざけたことをいうな」

平蔵はいきりたった。

「おれはしがない町医者だぞ。邪魔者あつかいされる筋合いなど、あるわけがなかろう」

「しかし、あれだけの頭数の二本差しをそろえて、襲ってくるというのは、ただごとじゃない。何がなんでも、あんたを始末したがっているやつがいるってことだ」

「ふうむ……」

平蔵は腕組みをして、口をへの字にひんまげた。

「ううむ、そう言われても、とんと見当もつかんな……」

それまで腕組みしたまま、黙って二人のやりとりを聞いていた柘植杏平が、ようやく重い口をひらいた。

「その、神谷どのを狙った井戸木甚助という男は、まちがいなく尾張の刺客ですぞ」

平蔵が眉をひそめて、柘植杏平を見た。

「わしが以前、尾張藩から陰扶持(かげぶち)をもらっていたことを知っておろう。そのころ、尾張藩には、井戸木甚助という疋田陰流の遣い手がいると聞いたことがある」

「ほう、たしかに癖のある剣だったが……」

「ああ、井戸木という姓は尾張にも、ざらにはない姓だ。貴公を襲った刺客はまちがいなく、そやつだ」

「ふうむ……」

「その男、ふいに下段から斬りあげてくる、予想もしない剣を遣ったろう」

「うむ。あんな剣を遣うやつにあったのは初めてだった」

「尾張藩には、もう一人、辺見五郎左衛門という尾張柳生流の遣い手がいる。もしかすると、この男のほうが井戸木甚助より一枚上手かも知れぬぞ」

「ふうむ……尾張の介者剣法、か」

三

介者剣法というのは、鎧兜をつけて戦う戦国時代の、合戦向きの剣術である。

それを、今の時代に向く剣法に工夫したのが、尾張柳生流だと聞いている。

尾張柳生流の始祖は、将軍家指南役を務めていた柳生但馬守宗矩の甥・柳生兵庫助利厳であった。

柳生利厳は重い甲冑を身につけて戦場に出る、合戦向きの剣法を、平時、軽快俊敏に立ち回る技に変えたという。

利厳の三男の厳包は、のちに連也斎と号して、尾張柳生流が産んだ麒麟児といわれた希代の名手だった。

「介者剣法というのは連也斎が編みだした、鎧武者の弱点でもある下半身を狙うものでな。どんな強者でも、腰から下は無防備にひとしい」

「ふうむ……たしかに、腰から下を狙われちゃ、弱いだろうな」

「尾張藩士にとっては連也斎は神のようなもので、猫も杓子も柳生流よ」

柘植は口をひんまげた。

「それが気にくわぬゆえ、おれは臍を曲げて尾張を飛び出したのよ……」

柘植杏平はホロ苦い目になった。

「それに、もともと、わしは尾張藩から扶持をもらっておったわけじゃなし、根がどこの馬の骨ともわからぬ孤児だったからの」

杏平は吐き捨てるように述懐した。

杏平は赤子のとき、尾張藩内の田舎寺の境内にある銀杏の老樹の根元に、襁褓にくるまって捨てられていたという。

寺の住職が杏平と名付けて育てていたが、手のつけられない暴れん坊で、和尚ももてあましていたらしい。

和尚と昵懇だった、柘植という尾張藩士が杏平の面構えが気にいって、養子にして屋敷に引き取り育てたという。

杏平は成長するにつれて、剣術にのめりこみ、長足の進歩をみせたものの、出自も定かではない杏平は、藩士からも白い目で見られていた。

——頼むのは腰の一剣のみ……。

杏平は諸国行脚の旅に出ると、道場破りを重ねて剣技に磨きをかけ、［石割ノ剣］という凄まじい剣を会得したのである。

しかし、尾張藩では杏平はどこまでも異端児だった。

杏平は藩から陰扶持をあたえられ、刺客に仕立てられた。

どこまでも一人前の剣士としてあつかわれないことに不満をつのらせていた杏平は、江戸に出る途中、蒲田の茶店で露という女中にめぐりあい一目惚れした。

間もなく、杏平は江戸の小日向に家を借りると、すぐさま露に文を送って江戸に呼び寄せた。

杏平から文をもらった露は、妾か、もしくは江戸妻にするつもりだろうと思っていた。

［江戸妻］というのは、参勤交代で江戸に出てきた武士が、江戸にいるあいだだけ、寝間奉公させる女のことである。

しかし、杏平はちゃんと大家を仲人に頼み、きちんと杯事をして正式に妻にしてくれたのである。

それればかりか、杏平は郷里にいる露の親にも文をだして、妻にもらい受けたことを知らせてくれた。

そのころ、杏平は平蔵とめぐりあい、無二の剣友となって、伝八郎や新八とも親しくなっていた。

杏平は、また、尾張藩の陰扶持を断り、刺客稼業とは縁を切っていた。

とはいえ、柳生連也斎という剣士が、どれほど凄まじい剣技の持ち主だったかは、柘植杏平は耳に胼胝(たこ)ができるほど聞いている。

四

「神谷どの……井戸木甚助と、辺見五郎左衛門の二人は、尾張藩でも竜虎と呼ばれていたほどの剣士ですぞ」

「たしかに井戸木という男の剣は、おれも、あわやというほどの鋭いものだったな」

「うむ、尾張藩はなんというても六十万石の大藩だ。井戸木甚助は、その尾張藩中でも一、二を争うほどの剣士だったからな。貴公は、ようも切り抜けられたものよ」

柘植杏平がふかぶかとうなずいた。

「ううむ。たしかに……」

　平蔵はふっと遠い目になった。

「あのときは雨のなかで片膝ついたままだったから、なんとか凌げたが、立ったままだと逆に危なかったろうな。いや、おそらくは防げなかったかも知れぬ。なにしろ、手傷を負っていたからな」

　平蔵は思わず唸ったが、同時に不審感もわいてきた。

「しかし、なにゆえ、この、おれが尾張の刺客に狙われるんだ。おれは尾張藩とはなんのかかわりもないが……」

「ううむ……」

　杏平は腕を組んで、しばし、沈思黙考したが、やがて、ひたと見返した。

「たしかに、神谷どの自身はかかわりがないだろうが、剣友の矢部伝八郎どのや、笹倉新八どのは、目下のところ上様の身辺警護役に雇われておるそうじゃないか。まるきりかかわりなしとはいえまい」

「………」

　そういわれれば、平蔵は心の隅のどこかで吉宗に肩入れしているところが、あるのかも知れない。

「たしかに吉宗公とは面識もあるし、気持ちでは肩入れしているが、それにしても、尾張藩は徳川の御一門じゃないか」

「いやいや、御一門だからといって、あながち親しいとはかぎらんぞ」

斧田が膝を乗り出した。

「俗にも、獅子身中の虫ということもあるだろうが。血縁などというものは屁のつっぱりにもならん。現に貴公も、兄者とはそりがあわずに屋敷を飛び出しているじゃないか」

「まぁ、な……」

平蔵は渋い顔になった。

「しかし、あれは養子にだされるのが嫌で、神谷の家を出ただけで、べつに兄者と喧嘩したわけじゃないぞ」

「とはいえ、ほとんど神谷家には出入りしておらんだろうが」

「なぁに、べつに用がないだけのことよ」

「いわば、家出とおなじようなものよな」

「う、うむ……まぁな」

平蔵も、これには、なんとも反論しようがなかった。

神谷家に居候（いそうろう）していれば、他家に養子にだされる。

それがいやで飛び出したとはいえ、家出にはちがいない。

五

斧田晋吾は見た目は横着に見えるが、さすがに、切れ者といわれている定町廻り同心だけのことはある。

平蔵の心中や、身辺の動向も、きっちりつかんでいた。

「それはともかくとして、たしか貴公は、数年前に、左内坂に住んでおった諸岡湛庵とやらいう、いかがわしい男が放った刺客と斬りあったことがあるだろう」

「うむ……というと、やはり、今度も裏で糸を引いておるのは、あの諸岡湛庵ということか……」

「ああ、諸岡湛庵だとすれば、うしろには尾張藩がついているとみていいだろうよ」

斧田は糸のように目を細めて断言した。

「尾張大納言さまは御三家筆頭とはいえ、一度も天下人の座についておられぬ。

有章院さま（七代将軍家継）が身罷られたおりも、跡目争いでは紀州家の後塵を拝して、尾州家はずいぶんと悔しい思いをしただろうからな」

「ふうむ……そんなものかねぇ。おれなら頼まれても御免蒙るがな」

「ま、あんたのような風来坊にはわからんだろうが、権力を一手に掌握するという気持ちは、また格別のものがあるんだろう」

「ふふふ、早くいえばガキ大将になって威張りたいということだろうが」

「ちっ、あんたにかかっちゃ、味噌も糞もいっしょだな」

斧田はあきれ顔になった。

ふたたび黙して口をつぐんでいた柘植杏平が、重い口をひらいた。

「わしも、上つ方のことにはとんと疎いが、家継さまが病床に臥せられたおり、天英院さまの一言で、八代さまは吉宗公にきまったと聞いておるぞ」

柘植杏平のいうとおり、七代将軍の家継が危篤になったとき、幕閣のおおかたは、尾張藩主の継友を後継者におしたらしい。

「なんでも、六代さま（家宣）の正室であらせられた天英院さまが、家継公の跡目には、後見人をなされておられる吉宗公がよいというのが、家宣公の御遺志だったと仰せられたのが決め手になって、幕閣も尾張家も沈黙したと耳にしたことがあるぞ」

　柘植杏平は、尾張の内部事情にはなかなかくわしい。

「いうならば、この天英院さまの一言で、吉宗公の八代将軍就任がきまった。そういえるのではないかな」

「ふうむ……」

　平蔵はおおきくうなずいた。

「ならば、いまさら尾張家がとやかくもうしても、詮ないことではないか」

「とはいえ、そのしこりが残って、いまだに尾州の藩内には、不満が渦巻いているのも無理からぬことだ」

　柘植杏平は口をへの字にひんまげた。

「ふむ、そこに、諸岡湛庵が一枚嚙んできたということだな……」

　平蔵は腕組みをしておおきくうなずいた。

「うむ。さりとて、あの男にとっては、尾張藩はまたとない金づるだろうからな……」

　柘植杏平が腕組みして、ふかぶかとうなずいた。

「ちっ、なにが金づるだ。上様がどうの、尾張家がどうのこうのと、おれたちにとっちゃ、どうでもいいことだろうが」

「しかし、貴公は、よくよく物騒なことにかかわりあう男だよ」

斧田は平蔵を睨みつけた。

「ともかくも町医者が、真夜中に刀をふりまわすなんぞは、聞いたこともないぞ。もうちっと、おとなしくしていてもらいたいもんだな」

「なにをいうか。こっちは、おとなしく家に帰るところだった」

平蔵は舌打ちして、食ってかかった。

「にもかかわらず、いきなり闇討ちをくったんだ。それも一人や二人ならともかく、徒党を組んで襲ってきやがったんだぞ。いったい、町の木戸番は何をしていやがったんだ」

江戸市中では町の出入り口に木戸を設けて、木戸番が交代で木戸番小屋につめていて、不審な者の出入りを見張ることになっている。

「う、うむ……どうやら木戸番は当て身をくらって、おねんねしてしまったらしい」

「木戸番はともかくとしても、町奉行所の同心はなんのために扶持をもらってるんだ。尾張者かどうかはべつにしても、そういう物騒な輩を取り締まるためだろうが」

「まぁ、そう嚙みつくな」

斧田は苦笑いした。

「なにせ廻り方同心は、定町廻り、臨時廻り、隠密廻りの三廻り同心をあわせても、総勢二十五、六人しかいないんだ。とてもじゃないが、江戸のすみずみまで目が行き届くというわけにはいかんだろうが」

「だったら、おれに文句をいう前に、さっさと諸岡湛庵なんぞという悪党の塒を探し出して、お縄にしろ」

「うむ……わかった、わかった」

そのとき由紀がほかほかの［芋田楽］を運んできた。

「おお、これは……なんとも、うまそうな匂いがする」

食い意地のはっている斧田晋吾が、途端にえびす顔になって、いそいそと［芋田楽］に箸をのばした。

六

「いやぁ、これは、うまい……」

滅多に人を褒めない斧田が舌鼓を打った。

「この、［芋田楽］も［ひぐらし］の板前さんに教えていただいたものなんですが、お口にあってよろしゅうございました」

由紀は腰をあげると、空になった銚子（ちょうし）を手にして台所にさがっていった。

「ふうむ、神谷どのは、なんとも幸せものですな……」

由紀を目で見送りながら、柘植杏平もやすみなく箸をのばし、［芋田楽］を食べつづけている。

「ううむ……この、山椒の香りがなんともいえん。絶品の味ですぞ」

そこへ由紀が、焼きあげたばかりの［蒲焼（かばや）きもどき］を運んできた。

すこし甘辛いような、醤油の焦げた香ばしい匂いがする。

「ほう、これは、蒲焼きではござらぬか……これは、またまた馳走（ちそう）ですな」

「いやいや、柘植さん。これは鰻（うなぎ）ではござらぬ。［蒲焼きもどき］ですよ」

平蔵が苦笑いして、種明かしをした。

「うむ。なになに［蒲焼きもどき］となﾞ」

怪訝な顔をして、一口食べてみた杏平が、思わず感嘆の声をあげた。

「ほう、なるほど、これは鰻の蒲焼きとは少し違うとはいえ、なかなかですぞ。いやいや、由紀どのは、本職の料理人もはだしの腕前ですな」

杏平、おおきく、うなずいてみせた。

「ひとつ、これを売り物に店をだされたら、千客万来まちがいなしじゃ」

「ま……」

「いや、世辞ではなく、実にうまい……絶妙の味ですぞ」

柘植杏平は［蒲焼きもどき］に賛嘆した。

「ほう、どれどれ……」

かたわらから、斧田晋吾も箸をのばして口に入れてみた。

「ううむ、これはいける……」

斧田も舌鼓をうって、唸った。

「鰻の蒲焼きほど、しつこくもなく、ふわりとしていて、なんとも品のいい味だ。これなら身銭を切ってでも食いたいという者が出てくるだろうよ」

「うむ。鰻の脂っこさがなく、しかも、蒲焼きの風味だけは、しっかりとそなわっておる。ううむ、由紀どのはたいしたものだ」

柘植杏平は真顔で、［蒲焼きもどき］に舌鼓をうった。

「ま、そのような……これは、お豆腐と山芋でつくったものですのよ」

由紀がネタをあかすと、

「なになに、豆腐とな……」

柘植も斧田も呆気にとられた。

「まさかでござろう」

「いいえ、お豆腐を固く絞って、擂りおろした山芋と練り合わせたあと、包丁の背で軽く筋目をつけると、見た目は鰻の半身のように見えますの」

「うむうむ、なるほど……」

「それを、火で炙って、上に海苔を乗せたあと、甘辛いタレを刷毛で塗っただけですわ」

「ほう……」

柘植は残りの［蒲焼きもどき］を一切れ、口にほおばりつつ、おおきくうなずいた。

「ううむ、とはいえ、なんのなんの、山芋と豆腐がネタだろうが、旨いものは、旨い」

よほど［蒲焼きもどき］が気にいったらしく、柘植杏平は口をきわめて褒めちぎった。

「由紀どのが店を出されたら、それがし、家内を連れてせっせと通いますぞ。この［蒲焼きもどき］は、うちの道場の門弟たちにも、受けることはまちがいござらぬな」

日頃は口の重い柘植杏平が、今日はバカによく舌がまわるなと、平蔵は苦笑した。

「それに材料が鰻ではのうて、豆腐と山芋なら精進料理だからな。生臭ものは厳禁の僧侶でも食える」

「そうよ……」

斧田同心がパンと手をたたいて、由紀によいしょした。

「そうよ。なにせ、この界隈は寺町だから繁盛することまちがいなし……まず、流行らん町医者などより、ずんと儲かりますぞ」

「ま……」

みんなから褒められて、由紀が身を竦めた。

「おい。その流行らん町医者とはおれのことかね」

「まぁ、な。見たところ、とても千客万来とは言えんからの」

「ああ、それで結構。医者と、坊主と、町方同心は暇なほうがいい」

「ふふふ、まぁ、神谷どのも、そう、ムキにならんでいいだろう」

柘植杏平がなだめるように口をはさんだ。

「それに食養生ということもある。いうならば、医者と食い物屋は親子みたいなものじゃないか」

「親子とはどういうことだ」

「この「蒲焼きもどき」を食い過ぎて、腹病みの患者が出てくれば、貴公の医者稼業も千客万来で繁盛するかも知れぬぞ」

「ようういうわ……」

なにやら「卵が先か、鶏が先」かわからない論法だと思わず苦笑したが、とにかく「蒲焼きもどき」はうまかった。

七

十日ほど前から、浅草田原町三丁目の角にある［はりまや］という木賃宿に、ひとりの浪人者が逗留（とうりゅう）していた。

すらりとした長身で、鼻筋が通って凛々（りり）しい顔立ちをしている。

杉山辰之助という名で、年齢は三十五歳、妻も子もいない独り者らしいが、人柄は穏やかに見えた。

宿のすぐ近くには飯屋もあるし、蕎麦屋（そばや）も居酒屋もあり、町会所も近かった。

町会所の二階には碁盤や将棋盤（しょうぎばん）がおいてあって茶も飲めるし、蕎麦の出前も頼むことができる。

町会所には、奉行所の町方同心がちょくちょく立ち寄り、茶を飲んだり、厠（かわや）を借りにくるから用心にもなる。

おかげで、近所の年寄りたちの暇つぶしの格好の場所になっていた。

杉山辰之助は投宿した日の夜、宿の狭い湯船を嫌って［おかめ湯］にやってきた。

江戸っ子は明けの烏が啼いたら朝湯に入り、仕事をおえたら飯前にひとっ風呂浴びるのがきまりのようになっている。

江戸の湯屋の湯船は男湯と女湯に分かれているものの、柘榴口が別になっているだけで、脱衣所も洗い場も、高さ三尺余の板で仕切ってあるだけだ。

その気になれば女の裸が丸見えになるから、ポッと出の田舎侍のなかには女湯にちらちらと目をやる者も結構いる。

そういう男を見ると、江戸っ子のなかには「この、すけべえやろうめがっ！」と喧嘩をふっかける者もいる。

番台にいた由紀は、それを気にかけて見ていたが、脱衣所で着衣を脱ぎ捨てた杉山辰之助の裸身に目をやって思わず息を呑んだ。

顔は役者のような優男だが、全身はみっしりと筋肉によろわれている。

あちこちに刀傷があるのは、相当な斬りあいの場数をふんできているからだろう。

湯からあがってきた鳶職の松太郎が、すっぽんぽんのままで番台にやってくると、洗い場にいる杉山辰之助のほうに目をしゃくってささやいた。

「な、女将。あの侍はただもんじゃねぇな。もしかしたら、町内の疫病神になるかも知れねぇぜ」

「ちょっと、いやなことといわないでくださいよ。あの、お武家さんの耳にはいったら、ただじゃすみませんよ」

「なぁに、いざとなりゃ、こちとらにゃ、せんせいがいるからな」

「よしてくださいな。あのひとは町内の用心棒なんかじゃありませんよ」

「ふふふ、あのひとじゃなくて、うちのひとといいてぇんじゃねぇのかい」

「え……」

「なにせ、白酒は年増のほうが味はよしってぇからな」

「もう……」

「へへへ、もう、もうといいつつ、すがりつきなぁんちゃってね」

さんざん由紀をからかって、松太郎はようやく番台から離れていった。

八

杉山辰之助が「おかめ湯」を出て、湯上がり気分で宿にもどってみると、客が待っていた。

——長身瘦軀。この切れ長の双眸をした侍は、諸岡湛庵の右腕といわれている柳生新陰流の遣い手、辺見五郎左衛門だった。

柱に背をあずけ、あぐらをかいていた五郎左衛門は無言のままで、冷ややかな一瞥を辰之助に向けた。

「ここの向かいの［おかめ湯］の女将は神谷平蔵の女だそうだな」

「ああ、ちょいと年は食っているが、なかなかの上玉だ」

「ふふ、さすがは女でしくじって浪人しただけのことはある。あの女将に目をつけておるらしいが、あの女を抱きたければ神谷平蔵を片づけてからにしろ」

「おい。おれはあんたに股ぐらまであずけたわけじゃないぞ。どんな女と寝ようが、おれの勝手だろう」

辰之助は湯あがりの団扇を使いながら、涼しい顔でうそぶいた。

「だいたいが、あの神谷平蔵という男、そうやすやすと、討ち取れるようなやつじゃないぞ。なにしろ鐘捲流と無外流の免許皆伝を受けた遣い手だ」

「ほう……」

「ああ……あやつは鐘捲流の免許皆伝を許されたあと、岳崗領内の九十九郷に入って、無外流の曲官兵衛の屋敷に寄宿し、［風花ノ剣］とやらいう秘太刀の極意を授けられたらしい」

「なにぃ、風花ノ剣だと……見たことも、聞いたこともないな」

「なにしろ、その太刀筋を見たときは斬られているという、霧か、霞のような太刀筋だそうだからな……」

　杉山辰之助は双眸を糸のように細めた。

「それが、どんな太刀筋か、おれは一度、この目で見てみたいものだ」

「おい、杉山……これは剣の立ち合いじゃないぞ。刺客だということを忘れるな」

「ともかく、おれは、その［風花ノ剣］というやつを、この目で確かめたいのよ」

　辰之助は番茶をすすりながら、じろりと辺見五郎左衛門を見やった。

「それにしても、井戸木さんは十四人もの手勢をひきつれて、神谷平蔵を討ち取ろうとしたにもかかわらず、手もなくやられたわけだろう……」

「うむ……しかし、井戸木どのは神谷平蔵と剣戟の末、あわや仕留める寸前まで追いつめたらしい」

「だが、その土壇場で逆にやつにやられたということか」

「まぁな……」

「とどのつまりは、やつの剣が井戸木さんより勝ったということだな」

団扇でふところに風をいれながら、辰之助は口を曲げて冷笑した。

「ま、いい。それより、あんたのほうはどうなんだ」

「ううむ……こっちも、このところ、吉宗の市中見回りの気配がなくなって、とんと手の打ちようがない」

「ふふ、つまり手詰まりということかね」

杉山辰之助が冷ややかに言った。

「まぁ、もぐらも、そのうち穴から出てこよう。なにも、焦ることはあるまい」

五郎左衛門は苦笑いして、腰をあげた。

「それまでに神谷平蔵を始末して、こっちのほうを手伝って欲しいものだ」

「ふふ、そう、うまくいきゃいいが……」

格子窓の外に目を向けた辰之助が、目を細めてつぶやいた。

「ほう。[おかめ湯] の女将が出てきたぞ」

「うむ……」

五郎左衛門が格子窓に目をおしつけたとき、浴衣姿の由紀が [おかめ湯] を出て田原町の角を曲がる後ろ姿が見えた。

「あれが、神谷平蔵の女か。なかなか色っぽい腰つきをした年増だの」

「ふふふ、あの臀でトカゲ食うかや、ホトトギスってところよ」

杉山辰之助が切れ長の目を細めて冷笑した。

「神谷平蔵が、あの女と寝ているところを狙ったらどうだ。おれも手を貸すぞ」

由紀の後ろ姿を見やって、辺見五郎左衛門が顎をしゃくった。

「いやいや、あいつのところには、昼前から柘植杏平とやらいう剣客がきておるし、斧田とやらいう八丁堀の同心も来ておる。そう、簡単にはいかんな」

にべもなく、辰之助は一蹴した。

「ふうむ。柘植杏平か……」

途端に、辺見五郎左衛門が口をへの字にひんまげて舌打ちした。

「あやつ、やはり［石割ノ剣］を尾張に遣うつもりだな」

「あんたは柘植杏平が［石割ノ剣］を遣うのを見たことがあるのかね」

「いや、おれが見たわけじゃないが……あやつが尾張にいたころ、寺の石灯籠の笠を真っ二つに斬ったらしい」

「ほう、石灯籠をねぇ……」

「うむ。しかも、やつの刀には刃こぼれひとつなかったという……」

辺見五郎左衛門は眉根に皺を刻んで、ふかぶかと吐息をついた。

「柘植杏平は赤子のとき、寺の銀杏の木の下に捨てられていた孤児だったそうだ。しかも出自が捨て子だというので、藩では卑賤の者と卑しめられ、藩士には登用されなかったらしい」

「ちっ！　出自がなんだ。月光院も八百屋の娘だったし、吉宗にしても母親は湯殿の垢すり女だったそうじゃないか。おなごの腹は所詮、子種の宿り木みたいなものよ」

辰之助は吐き捨てた。

「おれの母親も台所女中だったからな。餓鬼のころは、遊び仲間からも爪はじきにされて育ったものよ」

「ふうむ、貴公の臍曲がりはそのせいか」

「まぁな。その、おかげで剣の腕だけはあがったが、それで扶持が一石でもふえることはなかったわ」

「貴公も、たしか、無外流だったな」

「ああ、おまけに、神谷平蔵とやらいう男とおなじ師匠の佐治一竿斎に鐘捲流を学んだこともある。いわば同門の兄弟弟子よ」

「ははぁ、それで、神谷平蔵の討っ手を引きうけたのか……」

「ま、そういうことだ。しかし、あやつは歴とした譜代旗本の血筋だが、おれは血筋とは無縁の台所女中が母親だからな。血筋のいいやつを見ると吐き気がする」

杉山辰之助はごろりと横になると、手枕して天井を見上げた。

「神谷平蔵を斬り捨てたあとで、あの湯屋の女将をすっぽんぽんにひんむいて、思うさま囀らせてみたいものよ」

「貴公。相当しつこい男だな」

辺見五郎左衛門は苦笑して、辰之助の肩をポンとたたいた。

「ま、それはさておき、たまには生きのいい浅草芸者でも抱いてみぬか」

「そうだな。ひとつ、江戸前の鶯を思い切り囀らせてやるか……」

女には目のない杉山辰之助が勢いよく起きあがってきた。

終章　印旛沼四千町歩

一

——まだまだ、道なかばじゃな……。

吉宗は江戸城の奥書院で、碁盤を前に脇息にもたれて、茶をすすりながら、青々と新芽をつけた黒松の盆栽を眺めていた。

この黒松の樹齢は、二百年を超すという。

それにくらべて、人の寿命はせいぜいが、六、七十年……。

——寿命はあまりにも短い……。

べつに長生きしたいとは思わないが、まだ、なすべきことは山ほどある。

吉宗は碁笥から黒石をつまむと、音高くハッシと天元に打ちおろした。

吉宗は将棋よりも、どちらかというと囲碁のほうを好んだ。

将棋は王将を追いつめたほうが勝ちというものだが、囲碁はおのれの思うところに石を打って、陣地が多いほうが勝ちという遊びだけに構想は無限にある。吉宗に囲碁を指南している本因坊(ほんいんぼう)は一局打つのに十日や二十日はあたりまえで、時には何ヶ月もかかるという。

将棋は王将を討ち取れば終わるが、囲碁は最後の最後まで打ち終わってみないとわからないところが面白い。

幕府の政治も、一代では終わらない。あとを継ぐ者の器量で、せっかくの構想が水泡に帰するということもある。せっかく蒔(ま)いておいた種が、芽を枯らして潰(つい)えることもある。

吉宗は跡継ぎの家重のほかにも、のちに宗武（田安家の始祖）、宗伊（一橋家の始祖）と、二人の男子をもうけた。

三人の男子のなかで、世子の家重は温和だったが、資質は凡庸(ぼんよう)で、吉宗としてはいささか物足りなかった。

しかし、六代将軍家宣のとき発布された［武家諸法度(ぶけしょはっと)（正徳令）］で世継ぎは長子とするときめられている。

武家の頭領である将軍が、みずからそれを破るわけにはいかなかった。

徳川御三家の筆頭である尾張藩は常に隙あらばと、虎視眈々、跡目の座を狙っている。

ほかにも薩摩や、長州、四国の土佐など、目ばなしできない藩は多々ある。

しかし、吉宗の目指す改革は、寸時も足踏みはできなかった。

そもそも、天下泰平の世となって、商人が財力を肥やすかたわら、武士という存在そのものが、おおきく揺らぎ始めていることは否めなくなってきている。

幕府の財政もすこしずつ潤いつつあるものの、まだまだ、天下の体制は盤石というわけにはいかない。

——やはり、印旛沼か……。

房総半島の北部にひろがる印旛沼は、ひとまわりする距離が、約六十里を越えるという広大なものだ。

沼の周囲には芦が生い茂り、冬になると鶴や、白鷺、鴨などが北から飛来し、巣づくりして卵を産み、雛を育てる。

沼には鯉や鮒、鰻、泥鰌なども生息していて、川漁師の命綱にもなっている。

秋には小舟で芦を刈り取り、天日で干して住まいの屋根を葺きかえる。

また、一年中、涸れることのない印旛沼は近隣の農地の貴重な水源にもなっている。

その広大な沼を田畑にすれば……という構想は、吉宗が将軍になってから常に頭にあった。

しかし、それに要する工事費用は莫大なものになることもわかっている。

――だが、印旛沼を、せめて半分でも干拓して田畑にすれば、米や麦の収穫も飛躍的にふえるし、幕府財政も豊かになるはずだ……。

農政にくわしい者の試算によると、印旛沼の半分を干拓できれば、水田にして四千町歩を下回ることはないだろうという。

――四千町歩、か……。

印旛沼のまわりに黄金色の稲穂が、風にそよぐさまを思いうかべると、吉宗は思わず頰がゆるみ、恍惚となる。

また生家の田畑を継げない百姓の次男や三男たちにも、耕す水田をあたえてやれる。

幕府財政の根幹は「稲作」にある。

麦や芋は補助食品に過ぎない。

四千町歩の水田からもたらされる米俵の山を想像するだけでも、吉宗は胸がわ首を縦にふらないのも当然だった。

とはいえ、干拓が完成するまでの年月と費用を考えると、幕閣の年寄り連中が

また、以前のような赤字財政に逆戻りすることを恐れているのだろう。

たしかに、もしも、使役に駆り出される農民や、日雇い人夫のあいだに疫病(えきびょう)でも出たら、おおがかりな一揆(いっき)になるやも知れない。

くわくして、血が騒ぐ……。

──とはいえ、いつかは手をつけなくてはならぬことだ、いつかは……。

後事を託す長福丸（家重）は、まだ幼く、虚弱の資質だった。

男子は母の血を継ぐことが多いといわれている。

もしかしたら、わしは、子を仕込む腹をまちがえたかも知れぬな……。

吉宗は太い吐息をついた。

──人の一生はあまりにも短すぎる……。

二

江戸にはおよそ百万人が住み暮らしているが、そのうち男は六十数万人余、女

が三十数万人余で、圧倒的に男のほうが多い女ひでりの町である。

浅草田原町の蛇骨長屋でも、住人の三人に二人は一人者の男だ。

蛇骨長屋は浅草広小路の北西、傳法院(でんぽういん)の西にある一群の長屋棟で、平蔵が借りている家から通りを挟んだ東側にある。

この長屋の住民のほとんどが、平蔵の患者だといってもいい。

なにしろ、平蔵は診察代も、薬代も安いし、ツケがいくらたまっていても、いちおう文句はいうものの、ちゃんと診(み)てやるし、薬も出してやる。

そのせいで、平蔵の巾着(きんちゃく)はいつまでたっても潤うことはなかった。

今朝は起き抜けに、賃粉切り(ちんこき)の与助(よすけ)が腹病みで寝ていると聞いて、平蔵は通りを渡った反対側にある蛇骨長屋に出向いた。

賃粉切りは葉煙草(はタバコ)を問屋から買って、煙管(キセル)用に刻んだものを売り歩くのが商売である。

与助は五日ほど前に、雨のなかを傘もささずに賃粉切りにした葉煙草を売り歩いたため、腹が底冷えしたらしい。

蛇骨長屋にはいくつもの厠(かわや)があるが、小便器と並んで、半扉(はんとびら)のついた大便器がある。

半扉というのは腰のあたりだけを隠し、顔と足元は丸見えである。しゃがんでいる頭も、臀も見えてしまう粗末なものだ。

与助の部屋は木戸を曲がって奥からすぐのところの共同厠の近くにある。

平蔵が厠の前を通ると、半扉の下から女の白い臀が見えた。

飲み屋の酌婦をしている、おたみという女が、落とし紙を使いながら腰を浮かせたままで「あら、ま、せんせい。今日は、だれの往診なの」と声をかけながら、裾前を合わせて厠から出てきた。

「与助が腹病みらしいんでな」

「あら、ま、そうなの……」

あっさりと聞き流し、落とし紙を袂にしまいながら平蔵の腕をかいこんだ。

「ねえ、せんせい。たまには、うちにも飲みにきてよ」

「わかった、わかった。いいから前をあわせろ。だいじな商売道具が風邪を引くぞ」

「だったら、せんせいが抱っこして、あったためてよ。あたし、ずっと前からせんせいに岡惚れしてんだもの……」

おたみがしつこく、まつわりついてくる。

その腕をなんとか振り切って、与助の長屋の戸をガタピシと引きあけた。

「せ、せんせい……」

綿が半分飛び出した煎餅布団にくるまって寝ていた与助が、情けない声をだして、痩せこけた首をもたげた。

出してやったゲンノショウコを土瓶でじっくり煎じて、せっせと飲めば四、五日で治るといってやった。

いつもは威勢のいい男だが、飯を食っていないせいか骨と皮みたいにやつれている。

「粥ぐらいは食っているのか」と聞いたら、米を買う銭がないという。

「ばかめ。それじゃ、腹が治っても、稼ぎに出られないだろうが」

一喝したものの、ほうっておくわけにもいかない。しかたなく、豆板銀をひとつ、枕元に置いてやった。

「いいか、この銭で米を買って、粥にしてでも食っておけ」

「へ、へい……すんません、せんせい」

与助に布団のなかから、両手を合わせて拝まれた。

「よせよせ、おれを拝むくらいなら、さっさと腹を治して、賃粉切りでせいぜい稼いで、たまってるツケを払ってくれ」

「へ、へい……」

なんとも張り合いのない男だが、人柄が善良なだけに怒る気にもなれない。

ホロ苦い思いを嚙(か)み殺して蛇骨長屋をあとにした。

三

なにしろ、ここの長屋の住人は紙屑(かみくず)買いや、木っ端(こっぱ)売り、灰買いや夜鷹(よたか)までいるうえ「とっかえべぇ」などという珍商売で暮らしている者までいる。

この「とっかえべぇ」というのは、赤錆(あかさ)びた刀や包丁(ほうちょう)、蓋(ふた)のなくなった鉄瓶(てつびん)、底が抜けた鍋釜などを安値で買いたたいては鉄屋に売るのが商売である。

「とっかえべぇ」は侍の多い江戸ならではの珍商売で、刀鍛冶(かたなかじ)や研師(とぎし)も諸国から江戸近郊に集まってくる。

紙屑買いは、寺子屋で手習いに使い、墨で真っ黒になった半紙を、紙漉(かみす)き屋に売り、紙漉き屋は漉き返して厠の落とし紙にして売る。

落とし紙は墨が残って灰色をしているし、手触りも悪いが、厠で使うのに真っ白な紙を使うこともない。

大奥や大名の奥方や女中衆は白くて柔らかい落とし紙を使うが、町家の長屋住まいの女房や娘は漉き返した灰色の落とし紙しか使わない。

ともあれ、江戸では鉄と紙が大量に消費されるため、どこよりも高値で取り引きされる。

紙屑買いや、鉄屑の「とっかえべぇ」だけで産をなし、大店の主になった者もいるのが江戸という街でもある。

また、厠の糞尿は、近郊の百姓が田畑の肥やしに使うため、十日に一度は汲み取りにくるし、その糞尿代が大家の懐にはいる。

そのぶん、江戸の長屋の賃料はどこでも安くしており、店子が出ていっても、すぐ代わりの店子が入ってくる。

長屋ばかりではなく、御家人たちの長屋の糞便なども、近郊の百姓が大八車に空の肥桶を積んで汲み取りにやって来る。

人間の糞や小便は田畑の良い肥料になるらしく、江戸近郊の大根や小松菜などは、その糞便のおかげで、すくすくと育って、味もうまくなるらしい。

しかも、糞便をやたらと川に流さないため、江戸市中を流れる川は、毎年、清流を好む鮎が産卵に遡上してくるほど澄んでいる。

江戸の住人が、日々せっせとひりだした糞便が野菜の肥やしになり、その野菜をせっせと食っては糞や小便をひり出す。

――世の中何事も、もちつ、もたれつで、うまくできているものだとつくづく感心もするが、平蔵の巾着のなかの金回りだけは、一向によくなる気配はなさそうだった。

あればあったで食い物代と、たまの飲み代にあらかたまわってしまう。

江戸っ子が宵越しの金をもたないとほざいているのも、おおかたは飲み食いに使ってしまうせいだろう。

いうなれば、自業自得の痩せ我慢だ。

自宅に帰ってみたら、由紀が用意してくれていた昼餉の飯も、目刺しも、味噌汁もすっかり冷めていた。

四

目刺しをかじり、冷めた飯に味噌汁をぶっかけて、せっせと箸でかきこんでいると、東本願寺の門前のほうから、のどかな女の唄声が近づいてきた。

～鳥羽のみなとに船がつく
　今朝のおいでに宝の舟か
　　大黒とお恵比寿とにっこりと
　　　くわん　おやんなん……

声はささやくように低いが、しっとりとして、艶のある澄んだ声だ。

神田から浅草界隈を流している唄比丘尼の声らしい。

唄比丘尼というのは黒の納豆烏帽子をかぶり、高下駄を履き、代金箱をかかえて唄念仏を口ずさみながら門付けをしてまわる。

独り者の男に呼び込まれると二、三百文の安直な銭で、そそくさと転び売春をする。

唄比丘尼はツルツルに頭を剃りあげた尼僧姿だったことから、ツルツルと呼ばれて、男の好きごころを誘っていたのである。

――ほう、こんなところまで唄比丘尼がはいってくるのか……。

唄声がふっと途絶えて、隣家とのあいだにある細い路地に入り込んできたかと思うと、ふいに裏木戸をあけて唄比丘尼が顔を出した。

「旦那（だんな）。お暇なら遊んでくださいな……」

唄比丘尼が烏帽子の紐（ひも）をはずし、庭にはいってくると艶っぽい笑みを投げかけてきた。

「お、おい。……おもんじゃないか」

平蔵は呆気（あっけ）にとられた。

なんと、唄比丘尼は公儀黒鍬組の配下の女忍び、おもんだった。

むろん、比丘尼姿に化けているが剃髪（ていはつ）はしておらず、黒々とした髪をきちっと紐で束ねて巻きあげてある。

唄比丘尼は顔に白粉（おしろい）を塗り、口紅までさしているものだが、おもんは素顔のままだった。

おもんは納豆烏帽子を脱いで井戸端で足を洗うと、草履（ぞうり）を脱いで部屋にあがりこみ、手ぬぐいで首筋の汗を拭（ぬぐ）った。

「それにしても、唄比丘尼とは、よう化けたものよ……」

「もう、いやな。化けただなんて……」

「ふふふ、よいではないか。おまえにかかっちゃ千両役者も裸足で逃げ出すぞ」

「もう……そのような」

おもんは膝を立てて、せりあがると口を吸いつけてきた。

裾前が割れて、紅い蹴出しの下から白い太腿が跳ね出したのもかまわず、おもんは白い二の腕をたくしあげ、平蔵のうなじに巻きつけてささやいた。

「平蔵さまは鳥越明神の脇にある茶店の蔵二階を覚えていらっしゃいますか」

「ああ、忘れるわけがない。もう、どれほど前になるかな。熱を出して十日近くも寝込んでいたところだ」

「夕刻七つに、あの蔵二階においでくださいまし……」

おもんは手早く裾前を直して納豆烏帽子をかぶると代金箱を手にし、草履をつっかけると、さりげなく木戸から路地に出ていった。

〜鳥羽のみなとに船がつく
　今朝のおいでに宝の舟か……

少しも変わらぬ、おもんのささやくような澄んだ唄声が遠ざかっていった。

〜大黒とお恵比寿とにっこりと
　くわん　おやんなん……

五

夕闇が色濃くにじむ路地を縫いながら、平蔵は急ぎ足で鳥越明神に向かった。

鳥越明神は鳥越稲荷とも呼ばれ、創建から数百年を越す、古い歴史をもつ。

一月の［とんど焼］と六月の［夜祭り］のときは神輿を担ぐ氏子たちで賑わう。

鳥越神社はふだんはひっそりとして、ときおり稲荷信仰の氏子たちが参りにくるだけの静かな社殿だった。

おもんの隠れ家のひとつが、その社殿に隣接した茶店の中庭の蔵二階にある。

かつて平蔵が手傷を負っておもんにかくまわれたとき、おもんは小笹という手飼いの妹分と二人で暮らしていた。

おもんも小笹も、幼いころから公儀の忍びとして鍛えられていた女だけに、猟犬のように敏捷で、強敵にも怯むことなく立ち向かう気力と体力を秘めている。

また、［卍ノ爪］という飛び道具をはじめ、さまざまな武術を身につけていた。

いっぽう、どんな男をも蠱惑する肉を秘めて敵を籠絡し、容赦なく殺害する冷酷さも持っている女である。

もう、何年も昔になるが、江戸城のお濠端で、おもんの兄の最期に立ち会ったことから、おもんと情をかわしあう仲になった。

鳥越明神の社殿の脇にある茶店の蔵二階にあがると、おもんは湯あがりの浴衣姿で平蔵を迎えいれたが、いつも、おもんと一心同体で動いている小笹の姿がなかった。

「小笹はどうしておるのだ」

「あの子は、いま諸岡湛庵の一味に張りついております」

「うむ。湛庵のところか……」

「はい……もう、髪も白いものが目立ってきておりますが、好んで策略を弄する目離しのできぬ男に変わりはございませぬ」

「ふうむ……和を好まず乱を好む、か……暗夜に餌をもとめる梟みたいなやつだな」

平蔵は舌打ちして、眉をしかめた。

「乱世ならともかく、この泰平の世で何をやらかそうとしておるのかな」

「湛庵の狙いは、吉宗さまの御命です」

「やはり、吉宗公を、か」

「そればかりではなく、平蔵さまのお命も狙っておりますよ」

「ほほう……しかし、あやつが剣を遣えるなどと聞いたことは一度もないぞ。おれに毒でも一服盛るつもりかの」

思わず苦笑したが、おもんは真顔だった。

「笑いごとではありませぬ。浅草広小路で尾州の刺客に襲われたことを、お忘れですか。お気づきではないようですが、平蔵さまはいまも諸岡湛庵の刺客に見張られていますよ」

「見張り……おれに、か」

平蔵はまじまじと、おもんを見返した。

「おれはそれほどの大物じゃないんだがね。おれを斬ったところでやつらが得るものは何もなかろう」

「おそらく狙いはふたつ……ひとつは湛庵の意趣返し、もうひとつは吉宗さま暗殺の邪魔をされぬようにという用心からでしょう」

「ふうむ……しつこい男だの」

「田原町三丁目の角にある［はりまや］という木賃宿をご存じですか」

「ああ、旅の行商人や、霊場参りの巡礼たちがよく泊まる宿だろう」

「ええ、あの角部屋に杉山辰之助という浪人者が十日前から投宿しておりますが、この男が平蔵さまに差し向けられた刺客です」

「杉山辰之助、か……佐治門下のひとりとして聞いたことがあるような気がするな」

「この男は見た目は役者のような優男(やさおとこ)ですが、かつて佐治一竿斎門下で学んだこともある無外流の免許取りで、これまで何人もの名のある剣士を斃(たお)してきた遣い手ですよ。しかも柳剛流もよくするとのことで、岸和田藩でも右に出るものはいなかったそうです」

「ほう、無外流か……おれとまったく同じだな」

「ほかにも辺見五郎左衛門という尾張柳生流の遣い手で、尾張随一といわれた剣士が諸岡湛庵の一味にはおります」

「ふうむ……尾張の柳生流は、型にこだわる本家の柳生流とはちがって、遮二無二(しゃにむに)に敵を斃すことにのみ眼目をおく凄(すさ)まじい剣法だと師匠から聞いている。どんな剣を遣うのか、一度立ち合(お)うてみたいものだな」

「もう、そんな気楽なことをおっしゃっている場合ですか……」

「そうむきになるな。人はいつかは死ぬるものだ。そやつらに斬られるとしたら、おれはそれだけの男だったということだよ」

平蔵はおもんの腕をとって引き寄せた。

「おれのことより、そなたや、小笹のほうが気をつけろ。やつらには迂闊に近づかんほうがいいぞ」

「ま、あたしたちのことを心配してくださるんですか」

「あたりまえだ。相手はふたりとも一流の剣士だ。いくら公儀隠密とはいえ、万が一ということもあるからな」

おもんはくすっと忍び笑いして、頰をすり寄せてきた。

「だいじょうぶですよ。あたしも、小笹も、かくれんぼは得意中の得意ですもの」

「かくれんぼ、か……」

おもんは、幼いころから、危機一髪の境を数えきれぬほど潜り抜けてきている。

それどころか平蔵も何度となく、おもんに助けられてきた。

死中に活路を切り開くことには長けている女である。

平蔵が心配するのは無用のことだろう。

平蔵は腕をのばし、浴衣姿のおもんをふかぶかと抱きよせた。

鳥越川をさかのぼる荷舟の船頭が櫓を漕ぐ音がのどかに聞こえてきた。

六

三更（午後十一時から午前一時）の月が雲間から淡い光を投げかけている。

民家の灯りも消えて、浅草広小路は薄闇のなかに寝静まっていた。

平蔵は鳥越明神のおもんの隠れ家を出て、田原町の自宅に向かっていた。

おもんと酌み交わした酒のせいで、夜半の寒さは少しも感じなかった。

朧月夜の道を踏みしめながら田原町三丁目の角を曲がり、自宅に向かいかけたときである。

月光を浴びて教覚寺の土塀にもたれていた長身の侍が、懐手をしたまま行く手に立ちふさがった。

十日ほど前から、田原町の角の「はりまや」という木賃宿に泊まっていた浪人者だった。

「待ちかねたぞ。神谷平蔵……馴染みの女と別れの水盃でも酌み交わしてきたか」

「ははぁ、貴公が杉山辰之助だな」

「ほう……おれの名を知っているのか」

「きさまは旧藩では肩を並べるものもいない剣士だったと聞いているが、どうやら諸岡湛庵などという悪党の片棒をかつぐまでになりさがったらしいな」

「なにぃ……」

「しかも、きさまはおれとおなじく佐治門下で学んだ同門だと聞いている。きさまが諸岡湛庵などという悪党の片棒をかついでいると聞かれたら師匠も嘆かれるだろうよ」

「ちっ！　何が同門だ。とうにカビのはえた昔のことをもちだしやがって……」

杉山辰之助はペッと唾(つば)を吐くと、腰をひねって刀を抜き放った。

「きさまこそ町医者風情のくせに刀なんぞふりまわしやがって、虫唾(むしず)が走るわ」

辰之助はするすると三間あまりさがると、剣先をぐいと右上段に構えた。

「おとなしく長屋の女や、鼻たれ小僧を相手に医者をしてりゃいいものを！　えらそうな口をたたきやがってっ」

平蔵は腰をひねってソボロ助広を抜きはなつと、鋒(きっさき)の向こう三間余の距離に刀を構えている長身の辰之助に目を凝(こ)らした。

辰之助の姿は、直立している刃(やいば)の向こうに二つに分かれているように見える。

平蔵は爪先をたぐりながら、じりっじりっと前に詰め寄っていった。

月明かりに辰之助の刀身が鈍く光っている。

平蔵は手の絞りをゆるめると、鋒をやわらかく律動させた。

杉山辰之助は、ふいに鋒を下段におろし、左足の爪先でたぐるように一間余、前に踏みこんできた。

下段から摺（す）りあげてくる剣が鞭（むち）のように撓（しな）って撥（は）ねあがってきた。

平蔵は上から叩きつけるように辰之助の刀身をおさえこんだ。

刀身と刀身が嚙みあい、青い火花を散らした。

そのまま刀身を巻き込むと、返す刃で辰之助の胴を下から斜めに存分に薙（な）ぎ払った。

血しぶきが夜空に噴出し、杉山辰之助はがくんと膝を落とした。

ゆらゆらと泳ぐように前につんのめり、刀をつかんだまま大地をかきむしるように突っ伏した。

黒々とした血潮（ちしお）が、音もなく滾々（こんこん）とあふれ出て、乾いた大地にまがまがしくひろがっていった。

「おかめ湯」の軒下から浴衣姿の由紀が下駄の音を響かせて、あたふたと駆け寄ってきた。

「平蔵さまっ……」

平蔵は懐紙で刀の血糊を拭うと鞘におさめて、由紀を抱きよせた。

傳法院のほうから捕り方の御用提灯が近づいてくるのが見えた。

どうやら火付盗賊改め方の捕り方らしいが、いつものことながら駆け付けてくるのが、ちと遅すぎるわなと平蔵は舌打ちした。

七

——翌日。

平蔵は日頃から親しくしている斧田同心から、本所松井町の小料理屋「すみだ川」の女将のおえいが、三日前から風邪を引いて寝込んでいると聞いて往診に出向いた。

おえいの亭主の常吉は、斧田同心から十手を預かっている岡っ引きで、平蔵とは長年の顔見知りである。

おえいの風邪は悪質なものではなく、毎晩の寝不足が原因で、食欲もあるし、熱もたいしたことはなかった。

疲労回復の妙薬である朝鮮人参を投薬してやって帰宅する途中、広小路の東仲町にある小料理屋［しんざ］に立ち寄った。

店主の小柳進三郎は元御家人の三男だったが、道楽が過ぎて勘当され、半年前までは福富町に店をだしていたが、広小路に移ってきたので、平蔵もときおり顔を出していた。

おみさという、平蔵の患者で蛇骨長屋に住む女が、半年前まで三好町の小料理屋［あぐら亭］で働いていたものの、夜中過ぎまで働かされていたうえに、女将から客相手の枕商売を強いられていた。

寝不足と枕商売の荒淫が祟って、肌も荒れ、投げやりになっていたのを見かねて、平蔵が［しんざ］に口をきいてやったのである。

小柳進三郎は苦労人だけに枕商売などはさせず、四つ半（午後十一時）には帰宅させるようにしてくれたので、おみさも見違えるほど元気になっていた。

「まぁ、せんせい。おひさしぶり……どういう風のふきまわしかしら」

［しんざ］のお仕着せでもある藍利休の単衣物に洒落柿色の帯をきりっと胸高に締めたおみさが、小走りに駆け寄ってきた。

「ほう、おまえも、ずいぶんと顔色がよくなったじゃないか」

「ええ、おかげさまで……」

おみさは血色もよくなり、いまは女盛りの色香が匂いたっている。

「いまならどこに嫁にだしても恥ずかしくはないぞ。そろそろ、いい亭主を見つけて早いところ赤子を産むことだな」

「いやですよ。もう、男なんて……」

「おい、おれも男だぞ」

「ふふ……どこかに、せんせいみたいなお人はいないかしら」

「いない、いない……こんな亭主をもってみろ。三日もたてば逃げだしたくなるさ」

「あら、だったら一度ためしてみてくださいな……」

袂で口元をおさえて忍び笑いをもらした。

こんな軽口をたたけるようなら、もう心配はいらんなと安心した。

八

その夜、［しんざ］から自宅に帰ってみると、公儀徒目付をしている味村武兵衛が、平蔵の剣友である矢部伝八郎と笹倉新八をともなって酒を酌み交わしながら待っていた。

中屋敷にずっとこもっていると公務に障りが出るため、吉宗は一旦江戸城に戻ったらしく、伝八郎たちも紀州屋敷を離れる許しが出たという。

「ようよう、色男。今夜はどこの色女といちゃついてきたんだ。ええ、おい……」

伝八郎はだいぶできあがっているらしく、赤ら顔の上機嫌だった。

「バカいえ。常吉の女房が風邪をひいて寝込んでいると聞いて往診してやっただけだ」

「ははぁ、往診の帰りに一杯やってきたな」

「なに、「しんざ」に寄って、おみさがちゃんとやっているか見てきただけだ」

「ふうん……さては、きさま、おみさとコレもんらしいな」

親指と中指をちょっとくっつきあわせてにんまりした。

「ちっ、きさまみたいな箒じゃあるまいし、そう、やたらと浮気はせん。それより味村さんが、わざわざ浅草くんだりまで出向いてくるというのはただごとじゃなさそうだな」

「いやいや……」

味村武兵衛が手を団扇(うちわ)のように横にふって、苦笑いした。

「ちょいと例の諸岡湛庵の動きに気になることがござってな……」

「あの策士が、また、何か……」

「さよう……神谷どのは、あやつが向島(むこうじま)の川岸に塒(ねぐら)を構えておるのはご存じかな」

「いや、先日、あやつに雇われたとおぼしき刺客に襲われましたが、塒までは……」

「水戸家の下屋敷の近くにある古い百姓屋敷でござるが、まわりに水濠をめぐらせ、土塀で囲まれておりましてな。ちょっとした砦(とりで)のようなものでござるよ」

「ほう……」

「しかも、そこに浪人者を集めて、なにやら画策しておるようでござる」

「ふふふ、まさか公儀に合戦でも挑むつもりですかな」

「ははは、まさか、そこまでの狂い者ではござるまいと存じますが、気になるのは上様がこのところ印旛沼の干拓に関心をもたれておりましてな」

「ほう、印旛沼の干拓ですか……それは、また、大事業になりそうだ」

かつて平蔵が見た印旛沼は途方もなく広く、鴨や白鷺が群れ遊ぶ茫洋(ぼうよう)とした水面(みなも)だった。

あそこを埋め立てるのは大変な大工事にちがいない。

「まさに壮図(そうと)ですな……」

「さよう、試算では、ゆくゆくは、およそ数千町歩の新田になるとのことでござる」

「ほう、数千町歩の新田ですか……それは、また気が遠くなりそうだ」

「おい、神谷……数千町歩ちゅうと不忍池(しのばずのいけ)よりも広いのか」

矢部伝八郎が首をかしげて問いかけた。

「いや、桁(けた)がちがう、桁が。まず、不忍池を何十個もあつめたようなものだろうよ」

「ふうむ……とんと見当もつかんの」

「おそらく向こう岸が霞(かす)んで見えぬほど広いものになるでしょうな」

新八が口を挟んだ。

「ほう……それをそっくり田圃(たんぼ)にしようというのか。まるで夢物語のようじゃな」

「ふふふ、なぁに夢物語を正夢にするのが、政事(まつりごと)というものさ」

平蔵はふかぶかとうなずいた。

「さよう……」

味村武兵衛もおおきくうなずいた。

「かと申しても、早急には事は運びますまいが、なにせ、公儀の懐具合も乏しくなっておりますゆえ、このままではジリ貧になると思し召してのことでござろうな」

「ははぁ……もっとも、それがしの懐具合などは、年中、火の車でござるが、大公儀もジリ貧ですか」

平蔵が問いかけると、味村は首をひねって苦笑いした。

「さて、手前どもにはとんと見当もつきませぬが、なにせ、旗本などというタダ飯食らいをわんさとかかえておりますからな」

「ふふふ、タダ飯食らいですか。……なるほど、大名家の下屋敷などは博奕打ちの溜まり場になっておりますからな。ほとんどの旗本や御家人などは、当節、タダ飯食らいの見本のようなものでしょう」

笹倉新八がにんまりした。

「せいぜい尻をたたいて、こき使ってやるのが、一番の妙薬ですよ」

「さよう……」

　味村武兵衛が得たりとうなずいた。

「かと申しても、なにひとつ瑕瑾もない直参をとりつぶして、扶持を取り上げるというわけには参りませぬ。むしろ、仕事をあたえて御奉公の場をつくれば張り合いもできましょう。上様が印旛沼にお目をつけられたのは、まさに御慧眼のいたりと存ずる」

「なるほどな。仕事をあたえて、旗本や御家人をこき使うか……」

「なにせ、当節の旗本は暇をもてあましておりますからな。侍を遊ばせておくとロクなことはありませぬ。せいぜい尻をたたいて働かせるのが何よりの気付け薬になりましょう。また、印旛沼を干拓して田圃や畑をふやし、それを百姓の次男や三男にあたえてやれば、米や芋が採れて幕府の実入りもふえますゆえ、大公儀の財政も潤いますからな。まさしく一石二鳥というものでござろう」

　味村武兵衛はそううそぶいて、鉈豆煙管をくわえると煙草を詰め、火打ち石で煙草を吸いつけて、煙をぷかりぷかりと吹かした。

　――ふうむ、この男……。日頃はどちらかというと口の重い男だが、なかなかどうして見るべきところはちゃんと見ておるな。

　平蔵は改めて味村武兵衛を見直すとともに、徒目付にしておくのは惜しい男だと思った。

そこへ由紀が、買い求めてきたアツアツの［味噌田楽(でんがく)］を丼にいれて運んできた。

「なにも、ございませんが、虫押さえにしてくださいまし……」

「おお、なんのなんの、［味噌田楽］はそれがしの好物でござるよ」

味村武兵衛はとたんにえびす顔になって、箸をのばした。

九

――翌朝。

平蔵は、蛇骨長屋で版木彫り職人をしている長助が寝込んでいると聞いて往診してやった。

「せんせい、お忙しいのにすみませんねぇ」

台所にいた女房のお駒が水仕事の手をやすめて出迎えた。

「こちらこそ、先日は手間をかけて、かたじけない。それで長助は、どんなあんばいだ」

「ええ、なんでも急ぎの仕事がはいったとかで、二日も徹夜したせいか、冷えこんでおなかを下したらしくて……」

「すいません、せんせい……なぁに、これしきのこと、せんせいに往診してもらうこたぁねぇっていったんですがね」

床から半身を起こしかけた長助をおしとどめ、腹を触診した。

「うむ。熱はないようだ。ただの冷えっ腹だろう。食い物はうまいか」

「へぇ、今朝はお駒に粥をつくらせて、梅干しで……」

「ほう、粥はうまかったか……」

「へ、へぇ……なにせ、ゆうべは食わずに寝ちまったんで、うめぇのなんの……」

「ふふ、ま、食い物がうまけりゃ心配はいらんが、腹くだしは体力を落とすからな。ゆっくり休んだほうがいい」

「けんど、せんせい。彫りかけの版木が気になって、おちおち寝ていられませんや」

「ははぁ、彫りの途中か……」

お駒が声をひそめて、ささやいた。

「ほら、これが、いま売り出し中の絵師の枕絵みたいですよ」

隣の四畳半の仕事場に彫りかけの版木が台の上においてあった。

「ふうむ……これは、鳥居清春の絵だな」

鳥居清春は鳥居清信の弟子で、豊満な美女の枕絵を描いて、このところ人気になっている浮世絵師である。

彫りかけの版木には商家の女房らしい三十女が両足をおもうさまひらいて、男をかきいだいている姿態が筋彫りにされていた。

「ふうむ……さすがは長助だ。眉を八の字によせて、羽化登仙の心地になっておる女の表情が見事に彫られておるの」

「もう、せんせいったら……」

お駒にぴしゃりと背中をたたかれた。

「その、うかとうせんて、どういうことなんです」

「うむ。なに、おまえが長助に可愛がってもらっているときの顔さ。長助に聞いてみろ」

「え……」

「ふふふ、この女の顔はどこやら、おまえと似ておるぞ」

「いやだ、あたし、そんなにうっかりもんじゃありませんよう」

「うっかりじゃない。この顔を見てみろ。心地よくて、とろけそうになっておるだろう。それが羽化登仙の顔だ」

「いやだ、もう……」

お駒に漢方で「白頭翁（はくとうおう）」とよばれている、翁草（おきなぐさ）の根を天日で乾燥させた薬を渡し、煎じて日に何度も飲ませるようにいってやった。

平蔵が長屋を出ると、表通りまで送ってきたお駒がすり寄ってきて、小声でささやいた。

「ねぇ、せんせい。あっちのほうに効く薬はないんですか」

お駒が声をひそめて、長助のほうを顎（あご）でしゃくってみせた。

「なにぃ……あっちとはなんだ」

「だって、うちのひと、まだ三十前なのに、ここんとこ半月のうえも、あたしにさわろうともしないんですよ」

「ははぁ、その、あっちのほうか……」

「ね、おかしいでしょ。それとも、どこかにいいのでもいるのかしら」

「それはなかろう。長助みたいな堅物（かたぶつ）に浮気はできんだろう」

「あたしも、そうは思うんですけど……」

「よしよし、それじゃあとで診療所に取りにこい。連銭草（れんせんそう）の干したやつをやろう。

これはカキドオシといって、こいつを煎じて飲めば長助の中折れした竿もぴんこしゃんこするはずだ」

「へぇえ、あたしが飲んだらどうなるんですか……」

「そうよな、おまえが飲んだら、長助のほうが寝るに寝られず、おまえに朝まで責めたてられて、ふらふらになるだろうな」

「あら、おもしろいじゃない。二人で飲んだらどうなっちゃうの」

「ふふ、床がきしみっぱなしで地震とまちがえられるだろうよ」

「ふ、ふ……今夜、ためしてみようかな」

「ちっ！　勝手にしろ」

お駒などにつきあっている暇はない。

さっさと退散することにした。

十

帰宅すると、矢部伝八郎と笹倉新八が待っていた。

「おお、神谷。待ちかねたぞ」

「うむ？　二人が雁首をそろえておるところをみると、何かあったらしいの……」

「湛庵だよ。諸岡湛庵が動いたぞ」

「なにぃ……」

「四つ（午前十時）ごろ、上様が印旛沼の視察に出向かれる。やつらは、おそらく、それを狙っておるのだろうよ」

「よし、とにかく腹ごしらえをしておこう」

　土間におりて竈にかけてある一升釜のなかを見ると、由紀が朝洗ってあった米が五合ばかり水に浸してあった。

　大飯食らいの伝八郎がいるが、ま、なんとか間に合うだろう。

　釜に蓋をして竈の火を焚きつけておいて、沢庵を漬け物樽から出して、糠を洗い落とし、包丁でざく切りにした。

　そのあいだに新八が丼を三つ、膳のうえに並べ、生卵をふたつずつ割り込んで丼のなかに落とし、醬油をさして長箸でかきまわしている。

　釜のなかの米がぐつぐつと煮えてきて、勢いよく吹きこぼれてきた。

「おう、飯の炊けてきた匂いというのはなんともたまらんのう……」

　食いしん坊の伝八郎は箱膳の前にどっかとあぐらをかいて座りこみ、早くも鼻の穴をヒクヒクとふくらませて、箸と茶碗を手に、うっとりと匂いを嗅いでいる。

——下手すると、五合じゃ足りんかな……。

心配になってきた。

「おい。きさま、朝飯はちゃんと食ってきたんだろうが……」

「ン、お、おう……しかし、納豆ぶっかけて急いでかきこんできただけだからの。そろそろ腹も北山よ」

「ちっ、割り当ては丼一杯だけだぞ」

「わ、わかっとるさ……そのかわり大盛りで頼むぞ」

「なにせ、きさまは馬並みだからな」

「おい、馬はなかろう、馬は……」

「ふふふ、ま、矢部さんは馬というより牛並みでしょう」

新八がにんまりとまぜっかえした。

「なにぃ、牛はなかろうが。駿馬といってもらいたいな」

「駿馬はそんなに下っ腹は出ていないと思いますがねぇ」

「こいつ！」

伝八郎、憤然として口を尖らせた。

十一

その日の昼下がり、吉宗は味村武兵衛ら徒目付や側御用の小姓たちを供に従え、馬で印旛沼に向かっていた。

印旛沼は下総国印旛郡佐倉村の北西にひろがる広大な沼地である。

総じて平坦な土地で、沼のまわりには雑木林や芦原があるだけで、干拓すれば広々とした農地に変貌するだろう。

この印旛沼は葛飾郡の手賀沼や近隣の川から流れ込む水で、つねに満たされており、周囲の田畑にとっては涸れることのない水源となっている。

岸辺の芦原や水面には数多くの鴨や鷺がのどかに群れていて、ときおり水中に潜っては小魚や虫を漁っていた。

馬の手綱を近習に預けた吉宗が数人の小姓たちを従え、岸辺を散策していたときである。

突如、雑木林のなかから躍りだしてきた一団の曲者が白刃をふりかざし、吉宗めがけて襲いかかってきた。

曲者の集団は総勢十数人、いずれも面体を覆面で包んでいる。

「ああっ！」

「おのれっ、何者だっ！」

驚愕した近習が刀を抜きつれて立ち向かったが、曲者の集団は無言のまま吉宗めがけて殺到してきた。

一団の曲者にはあきらかな殺意がみなぎっている。

味村武兵衛は素早く吉宗の前に立ちふさがり、守りを固めにかかった。

近習は血相を変えて曲者に立ち向かっていったが、曲者は手練れの者らしく、たちまち近習たちを斬り伏せていった。

その凄まじい殺意を本能で感じとったのか、岸辺にいた水鳥が驚いて一斉に羽をひろげ、ばたばたと羽ばたきして飛び立っていった。

吉宗はすぐさま近習から佩刀をひったくりざま、鞘を払って曲者に立ち向かった。

曲者の集団はまっしぐらに吉宗をめがけて、遮二無二押し寄せてきた。

そのとき曲者の背後から、三人の侍が刀を抜きつれて猛然と斬りこんでいった。

神谷平蔵、矢部伝八郎、笹倉新八だった。

三人の腰から白刃が閃いたかと思うと、たちまち数人の曲者が鮮血を噴き上げ、虚空をつかんで草むらに突っ伏した。

平蔵は一目散に吉宗に駆け寄ると、曲者の前に立ちふさがった。

伝八郎と新八が素早く吉宗の左右を固めるのを確かめた平蔵は、一歩前に足を踏みだすと、曲者を見渡して呼びかけた。

「おれが井戸木甚助を斬った神谷平蔵だ。そのなかに辺見五郎左衛門がおるなら、余人をまじえず受けて立つぞ」

平蔵はゆっくりと足を前にすすめた。

「おのれっ！」

横合いから斬りこんできた曲者を、平蔵は肩口から存分に斬りおろした。

血しぶきが噴出し、曲者はつんのめるように草むらに倒れ伏していった。

鮮血を浴びて、どどっと後退した曲者のなかに、身じろぎもせず、佇んでいる侍がいた。

その侍は覆面もせず、素顔のままだった。

侍は刀を下段に構えたまま、平蔵を見迎えた。

「貴公が辺見五郎左衛門、か……」

「いかにも、それがしは一介の素浪人、辺見五郎左衛門じゃ」

どうやら辺見五郎左衛門は尾張藩とはかかわりがないように配慮し、みずから脱藩して一介の浪人として通すつもりのようだ。

「断っておくが、それがしは諸岡湛庵などという、いかがわしい策士とは何のかかわりもない。ただ、長年の剣友だった井戸木甚助の仇を討ちたいだけのことだ」

「しかと承った。ならば、尾張柳生流の始祖といわれる連也斎ゆずりの介者剣法とやらを、とくと見せてもらおうか」

平蔵はソボロ助広を青眼に構えて、ずいと足を踏み出した。

辺見五郎左衛門は青眼の構えから、ふいに刀身を右下段に構え直すと、じりじりと摺り足になって左へ、左へとまわりこんできた。

剣先がセキレイの尾のようにぴぴっぴっと鋭く震えている。

さらに、左足の爪先をじりっじりっと摺り足にすると、今度は平蔵の右へ、右へとまわりこんできた。

相手の利き腕を制する、尾張柳生流独特の介者剣法である。

平蔵は青眼に構えながら、辺見五郎左衛門の下段から撥ねあげてくる剣に備えた。

さすがは尾張藩中で敵する者なしといわれた辺見五郎左衛門だけのことはある。右下段の構えには微塵の隙もなかった。

ふたたび、長い対峙の時がつづいた。

――人には見る、聴く、嗅ぐ、触れる、味わうという五感のほかに、無心のうちに感知するという獣の本能がある……。

かつて妻だった波津の父、曲官兵衛から伝授された［風花ノ剣］の極意が、沸々と五体によみがえってきた。

平蔵は身じろぎもせず、ひたすら、相手の気配をとらえることだけに神経を凝縮した。

果てしない対峙のときが流れ、印旛沼に燦々と照りつける陽射しが水面に反射して、五郎左衛門の動きを眩暈に包みこんだ。

――転瞬。

ふいに辺見五郎左衛門の剣先が下段から撥ねあがってきた。

刃唸りのするような剛剣だった。

間一髪、無心に振った受けの太刀が間にあったものの、刀をつかんでいた手が、一瞬、しびれるほどの強烈な衝撃があった。

平蔵は大地を蹴って、五間余を一気に突っ走った。

体勢を立て直す間もなく、追いすがってきた辺見五郎左衛門の剣が頭上から、化鳥(けちょう)のように襲いかかってきた。

間一髪、受けの太刀が間にあった。

刀の鋒と鋒が激しく絡みあい、火花が散った。

平蔵は身をよじって反転し、振り向きざま、剣を横薙ぎに払った。

鋒が辺見五郎左衛門の脇腹を存分に断ち切った手応えがあった。

血しぶきが夏空に噴出し、青白いはらわたが、あたかも生き物のようにむくむくとはみ出してきた。

がくんと膝を折った辺見五郎左衛門は、そのまま崩れ落ちるように突っ伏した。

血潮が音もなく滾々(こんこん)とあふれ、大地に流れだした。

穏やかな陽射しが降りそそぐなか、辺見五郎左衛門は水辺の草むらに顔を埋めこんだまま、やがて、身じろぎひとつしなくなった。

さすがは、尾張藩随一とうたわれた剣士だけのことはあった。

それにしても、剣士の定めとは、なんとむなしく、儚(はかな)いものか……。

平蔵は深い哀惜(あいせき)の情を覚えた。

吉宗が矢部伝八郎、笹倉新八、味村武兵衛の三人を従え、近づいてくるのが見えた。

セキレイが一羽、鋭い声を発して川面を矢のように掠(かす)めていった。

＊　＊

その日の夕刻……。

東海道を西へ向かって急ぐ諸岡湛庵と紗織の姿があった。

駕籠(かご)に乗った紗織のかたわらに借り馬に跨(また)がり、深編笠をつけた諸岡湛庵が付き添っている。

その半町ほどうしろから、二人の女がつかず離れずついていくのが見えた。

旅姿のおもんと小笹であった。

「あの男の行く先はやはり尾張でしょうか」

「そうねぇ……もしかしたら長州か、薩摩ということもあるかもね」

「まさか……」

「小笹。世の中には真逆(まさか)という坂が、いくつもあるんだよ」

「怖いものですねぇ」

「だから、おもしろいんじゃないの。山坂のない、のっぺらぼうの世の中なんて、つまらないじゃないか」

「そうですねぇ……」

「男と女もそうじゃないかしらねぇ。毎日、明けても暮れてもおんなじことの繰り返しじゃ飽きてしまうだろう」

「ふふ、おもんさまも、しばらくは平蔵さまとお別れですわね」

「それがいいのさ。束(つか)の間(ま)の逢瀬(おうせ)のほうが長続きするものだよ」

彼方の夕空に富士の山がくっきりと聳(そび)えているのが見えてきた。

「富士のお山も毎日見ていると飽きがくるだろう……ときおり、雲間に隠れるところがいいのさ」

おもんがしんみりとつぶやいた。


（ぶらり平蔵　吉宗暗殺　了）

参考文献

『江戸あきない図譜』　高橋幹夫　青蛙房
『絵でみる江戸の町とくらし図鑑』　江戸人文研究会編　廣済堂出版
『イラスト・図説でよくわかる　江戸の用語辞典』　同・右
『大江戸八百八町　知れば知るほど』　監修石川英輔　実業之日本社
『剣豪　その流派と名刀』　牧秀彦　光文社
『刀剣』　小笠原信夫　保育社
『江戸バレ句　戀の色直し』　渡辺信一郎　集英社

コスミック・時代文庫

ぶらり平蔵（へいぞう）
決定版⑲吉宗暗殺

2024年２月25日　初版発行

【著 者】
吉岡道夫（よしおかみちお）

【発行者】
佐藤広野

【発 行】
株式会社コスミック出版
〒154-0002 東京都世田谷区下馬 6-15-4
代表　TEL.03（5432）7081
営業　TEL.03（5432）7084
FAX.03（5432）7088
編集　TEL.03（5432）7086
FAX.03（5432）7090

【ホームページ】
https://www.cosmicpub.com/

【振替口座】
00110-8-611382

【印刷／製本】
中央精版印刷株式会社

ISBN978-4-7747-6535-8 C0193